종례 시간

종례 시간

수업이 모두 끝난 오후, 삶을 위한 진짜 수업

김권섭 지음

다산초당

학교의 일과는 조례로 시작해서 종례로 끝납니다. 조례와 종례를 『표준국어대사전』에서 찾아보았습니다.

조례(朝禮): 학교 따위에서 그 구성원들이 모여 일과를 시작하기 전에 행하는 아침 모임. 주의 사항이나 지시 사항 따위를 전한다.
종례(終禮): 학교에서, 하루 일과를 마친 뒤에 담임교사와 학생이 한자리에 모여 나누는 인사. 주의 사항이나 지시 사항 따위를 전달하기도 한다.

교사가 전달해야 할 사항이 있고, 그 내용이 가볍지만은 않습니다. 그렇다고 해도 그것이 조례와 종례의 핵심일 수는 없습니다. 지시나 전달만으로는 학생들의 인격 발달을 기대하기 어렵습니다. 조례와 종례의 본질은 '례(禮)'입니다. 례(禮)는 상대에게 존경하는 마음을 표현하는 절차입니다. 례(禮)에는 몸가짐과 마음가짐이 모두 포함됩니다. 조례와 종례는 교사와 학생이 서로 존중해야 하는 이유와 방법을 익히는 시간이어야 합니다. 특히 종례는 학생들이 더 건강한 인격체로 성장하기를 바라는 교사의 정성을 담아 마련한 '언어의 잔칫상'입니다. 종례는 교실에서 이루어지는 '밥상머리 교육'입니다. 서너 시간의 수업과 갖가지 잡무로 지친 심신을 일으켜 학생들 마음에 다가가는 때입니다.

그런데 우리는 종례의 본질적인 의미를 잃어버렸습니다. 현실이 이렇다 보니 교육이 붕괴될 수밖에 없습니다. 종례다운 종례를 해보려고 동서양 고전을 읽었습니다. 그중에서 특히 『논어』를 탐독했고 『맹자』, 『불경』, 『이솝 우화』, 『탈무드』 등에서 학생들에게 들려주면 좋겠다고 생각한 내용을 추렸습니다. 여기에다 교훈을 남긴 역사 인물을 덧붙이고 제가 겪은 이야기도 조금 보탰습니다.

저는 학생들이 고전적인 것, 특히 유교적인 것에 태생적인 거부감을 지닌 줄 알았습니다. 오랜 세월 온축(蘊蓄)된 것일수록 손사래를 친다고 여겼습니다. 이런 제 생각은 지독한 편견이었습니다. 오히려 학생들이 인문학적 가치를 갈망하고 있다는 걸

체감했습니다. 학생들은 이웃과 어울려 살아가는 지혜 대신 온갖 지식만 주입하는 사회에 탈진해 있었습니다. 그들은 오염된 물에서 힘겨워하는 물고기인지도 모릅니다. 사회를 오염시키고서는 피부병을 가졌다고 청소년들을 손가락질해서는 안 됩니다. 그들의 정신에 맑은 물을 공급해주고 싶어서 이 책을 내기로 했습니다.

이 책은 제가 조·종례를 지시 사항 전달로 채우던 시절에 만났던 학생들에게 바치는 반성문이자 길고 지루한 종례를 견뎌준 학생들에게 전하는 감사장입니다. 또한 이 책은 종례다운 종례를 꿈꾸는 동료들에게 드리는 현직 교사의 고백록입니다.

묶어놓고 보니 어떤 예화들은 지나치게 남성중심적인 사고가 반영된 것도 있는 것 같습니다. 옛사람이 지녔던 흠결인 게 분명하지만, 당시 사람으로서는 어쩔 수 없는 한계였다고 생각됩니다. 옥에 티보다는 옥이 지닌 가치를 발견해 가면서 읽어주기를 기대합니다.

이 책을 묶어내는 동안 여러 사람의 도움을 얻었습니다. 저는 매년 책을 백 권 정도 읽으면서 많은 것을 배웠으며 그중 어떤 내용은 이 책에 인용했습니다. 다만 이 책이 학문적인 엄격함을 지향하지는 않기에 일일이 그 출처를 밝히지는 않았습니다. 대신 참고 문헌을 뒤에 기록함으로써 감사하는 마음을 전하려 했습니다. 『선비의 탄생』에 이어 제 원고를 반겨주신 다산북스 김선식 대표님께 감사드립니다. 중앙여고 김현지, 이하은, 임효연 학생은 이 책의 초고를 읽고 여러 가지 의견을 들려주었습니다. 엉성한 원고를 가지런하게 정리하도록 거들어준 이들의 미래를 응원합니다. 제 원고의 첫 독자가 되는 고역을 참아준 아내와 두 딸 민경이, 도희에게도 고마움을 전합니다.

김권섭

차
례

1장_일상의 발견

2장_배움의 자세

3장_ 삶의 방법

4장_우리 앞의 사람들

'오늘'은 '여생의 첫날'입니다.

오늘을 '반복'이 아니라 처음 찾아든 하루라고 여기면

일상을 보내는 마음가짐이 달라지지 않을까요.

1장

일상의 발견

손과 장갑

어떤 사실을 서술한 문장을 들으면 그와 관련된 몇 가지 정보가 저절로 연상됩니다. 예를 들어볼게요. '성춘향은 엄마다.' 이 문장을 읽으면 이런 생각이 함께 떠오릅니다.

성춘향은 여성이다.
성춘향은 결혼했다.
성춘향은 자녀를 두었다.

또 다른 문장을 보겠습니다. '임꺽정은 장갑을 샀다.' 다음과 같은 정보들이 연상될 겁니다.

임꺽정은 손이 시리다.

임꺽정은 장갑 살 돈이 있었다.

임꺽정은 장갑을 파는 가게로 갔다.

임꺽정은 장갑이 필요했다.

이런 연상이 틀렸다고 할 수는 없습니다. 그런데 저는 다른 것보다 다음 사실이 먼저 떠올랐습니다.

임꺽정은 손이 있다.

손이 있으니까 장갑을 샀겠지요. 손이 없다면 장갑 살 일은 없습니다. 우리가 살아가는 것도 이와 다르지 않습니다. 손이 있어야 장갑을 사듯이, 내가 있어야 내게 맞는 삶을 꿈꿀 수 있습니다. 내가 있어야 내게 꼭 맞는 진로며 전공을 찾을 수 있습니다. 내가 없는데 어떻게 나와 어울리는 남자 친구가 있겠어요? 먼저 나를 찾아야 합니다. 어떤 사람은 '자기 찾기'를 뒤로 미룬 채 진로를 찾습니다. 이것은 손이 없는데 내 손에 맞는 장갑을 사겠다는 것과 다르지 않습니다.

'나'는 누구일까요? 어떤 사람은 자기 차, 자기 집, 자기 가방이 자기를 나타낸다고 믿습니다. 과연 그럴까요? 저는 8월에 휴대폰을 새 것으로 바꾸었습니다. 8월 이후의 저는 그 이전의 저와 다른 사람인가요? 휴대폰을 교체하거나 새 옷을 입는다 해도 사람은 바뀌지 않습니다. 내가 사용하는 물건이 나는 아닙니다. 장갑이 내 손일 수는 없습니다.

그렇다면 어떻게 나를 찾을 수 있을까요? 두 가지 방법을 권하고 싶습니다. 먼저 자기와 대화를 나누어보세요. 자기에게 묻고 스스로 답변해보길 권합니다. 나는 누구인가를 묻고 자기 나름대로 대답해보세요. 처음엔 어려울 겁니다. 그 어려움을 극복해야 자기를 발견하는 기쁨과 만납니다. 두 번째 방법은 책을 가까이 하는 것입니다. 책을 열면 오랜 세월 인류가 간직해온 '말씀'이 보입니다. 성지를 순례하듯 말씀을 따라 가면 '나'를 만나게 됩니다.

오늘부터 시작되는 종례가 '나'를 찾아가는 긴 여행이 되기를 희망합니다. 길고 지루한 여정이 힘들겠지만, 이 길의 끝에서 환하게 웃을 수 있다면 좋겠습니다.

코골이

교육 여행 기간 중에 평소 알지 못했던 친구들 모습을 보게 됩니다. 온종일 빡빡한 일정을 보내고 늦은 밤까지 놀이를 즐기다보면 피곤해져서 하나둘 잠이 듭니다. 여러 사람이 한 방에서 자는데 코를 유난히 심하게 고는 친구와 유별나게 소리에 민감한 친구가 섞여 있는 경우가 많습니다. 첫 날은 그럭저럭 지나간다 해도 둘째 날부터는 더 이상 참을 수 없지요. 그래서 잠을 설친 친구가 코 고는 친구를 흔들어 깨웁니다.

이때 코 골던 친구들이 나타내는 반응은 무척 다양합니다. 어떤 친구는 미처 잠이 덜 깬 상태인데도 자기 잘못을 선뜻 인정합니다. "미안해. 내가 다시는 안 그럴게" 하고는 말이 채 끝나기도 전에 다시 잠에 빠져듭니다. 그러고는 또 코를 골기도 하지요.

어떤 친구는 자기가 언제 코를 골았느냐며 시치미를 뗍니다. 다른 애가 코를 곤 소리를 자기에게 덤터기 씌우지 말라고 오리발을 내밉니다. 그 친구가 코를 골며 자는 모습을 촬영해두지 않은 한 이런 대응에 속수무책일 때가 많습니다. 시치미를 뗀 친구도 이내 잠이 들고 다시 코 고는 소리가 방 안을 울립니다.

어떤 친구는 잠을 깨운 사람에게 심하게 화를 냅니다. "그러는 너는 코 안 고는 줄 아냐. 어제 나도 너 때문에 한 잠도 못 잤다. 일부러 코 고는 게 아니야. 자면서 나도 모르게 그러는 거잖아. 그걸 가지고 자는 사람을 깨우냐!"라고 언성을 높입니다. 심지어는 한 번만 더 깨우면 그냥 두지 않겠다고 엄포를 놓기까지 하지요. 그러고는 재수 없는 일을 당했다며 다시 잠이 듭니다. 물론 아무 일 없다는 듯이 예전처럼 코를 곱니다.

사람은 누구나 단점을 갖고 살아갑니다. 크고 작은 차이는 있을망정 단점 없는 사람은 상상하기 힘듭니다. 그런데 그 단점은 '코골이'와 아주 닮았습니다.

우선 다른 사람이 일러주기 전에는 스스로 알아차리지 못합니다. 방 안이 쩌렁쩌렁 울리는 소리로 남들을 깨워놓고도 자기는 단잠을 즐깁니다. 다른 사람이 알려주었을 때 선뜻 자기 잘못을 받아들이지 못한다는 점도 닮았습니다. 설령 남들이 알려주어서 알게 되었더라도 잘못을 인정하고 고치면 됩니다. 그러면 단번에 고치지는 못할지라도 머지않아 단점을 보완해서 예전보다 훨씬 더 나아집니다.

주변을 둘러보면 단점을 고치는 사람이 흔하지는 않습니다. 이것은 마치 자신은 코를 곤 적이 없다고 시치미를 떼거나 너도 코 골지 않았느냐고 화내는 것과 같습니다. 남들이 일깨워서 알게 되었더라도 그 지적을 받아들여서 고치면 됩니다. 잘못을 인정하는 대신 도리어 화를 내어서는 단점을 고칠 수가 없습니다. 사람들이 단점을 고치지 못하는 이유가 여기 있겠지요.

교사인 제게도 단점이 한두 가지가 아닙니다. 그중 말끔히 고쳐서 예전과 달라진 게 두 가지입니다. 우선 수업 시간에 경어를 사용하는 버릇이 생겼습니다. 이십 년 전에는 반말로 수업을 했습니다. 어느 날 한 학생이 경어를 사용하는 게 좋겠다고 일러주었습니다. 저는 그 자리에서 그 지적을 받아들였습니다. 요즈음 교실에서 만나는 학생들은 제 막내딸보다도 훨씬 어립니다. 하지만 경어로 수업합니다. 그 덕분에 학생들을 함부로 대하는 마음이 눈에 띄게 사그라들었습니다.

예전에는 칠판의 아무 곳에나 글씨를 썼습니다. 수업 중에 설명을 하다가 바로 뒤돌아서서 판서를 했습니다. 그러는 바람에 판서 위치가 뒤죽박죽이었습니다. 수업 순서와 맞지 않아서 무척 어수선했습니다. 어느 날 한 학생이 수업 순서대로 판서하면 좋겠다고 일러주었습니다. 그날부터 그 말을 따랐습니다. 요즈음은 칠판이 어수선하다는 말을 듣지 않습니다. 제 단점을 일러준 학생들이 고맙기 그지없습니다.

경어를 사용하라는 충고를 받아들였기 때문에 다른 학생이 제게 가지런하게 판서하라고 충고했겠지요. 코를 곤다고 일러주었을 때 시치미를 떼거나 도리어 화를 내면 다음부터는 아무도 내 단점을 일러주지 않습니다. 결국 자기 몸에 덕지덕지 붙은 단점을 떼어내지 못한 채 살아가겠지요.

남들은 아랑곳하지 않고 심하게 장난치거나 소리 지르는 학생이 있습니다. 어쩌다 기분이 좋아서 박장대소하는데 나무랄 수는 없습니다. 하지만 쉬는 시간마다 소음 공해를 유발하는 학생을 외면할 수는 없습니다. 소란한 교실에서는 쉬지 못합니다. 휴식은 조용해야 가능합니다. 그래서 몇 번 주의를 주었습니다. 어떤 학생은 제 말을 받아들였고 예전과 달라졌습니다. 제게 충고를 해준 학생만큼이나 그들에게도 고마움을 느낍니다.

귀울림

몇 년 전 새벽에 심한 어지러움 때문에 크게 고생한 적이 있습니다. 온 세상이 빙글빙글 돌아서 눈을 뜰 수 없었습니다. 불과 몇 미터 떨어진 욕실을 눈 감은 채로 엉금엉금 기어서 찾아가 토악질을 했고 119 구조대의 도움을 받아 인근 병원 응급실로 실려 갔습니다. 다시 떠올리기조차 끔찍한 기억입니다.

그 후로 이따금 귀 안에서 이상한 소리가 들렸습니다. 삐이익 소리가 들릴 때가 있고 쌔애액 소리가 나기도 했습니다. 소리가 금방 멈추는가 하면 어떤 날은 제법 여러 시간 지속되었습니다. 그 이상한 소리를 의사 선생님에게 들려주고 싶었습니다. 그러면 원인을 쉽게 파악하고 이내 치료 방법을 알려줄 테니까요.

귀울림 소리를 다른 사람에게 들려주기란 불가능합니다. 그 소리는 제 귀에만 들리는, 저만 들을 수 있는 소리입니다. 참 답답하지만 남들에게 전할 수가 없습니다.

인간은 누구나 장점이 있습니다. 그 장점은 귀울림 소리와 비슷합니다. 다른 사람이 알아차릴 수 없다는 점에서 그렇습니다.

혹시 남들이 자기 장점을 알아주지 않는다고 서운해 한 적이 있나요? 그 마음은 충분히 공감이 됩니다. 하지만 남들이 알아주지 못하는 게 자기 장점이라는 사실을 다시 생각해보세요. 장점은 귀울림과 같아서 다른 사람에게 들려줄 수 없습니다.

오늘날 학교는 성적을 최고로, 그리고 유일한 가치로 여기는 풍조가 없지 않습니다. 그렇다 보니 공부는 다소 못하더라도 심성이 착하다든가, 다른 친구를 위해 양보를 잘하는 학생들이 주목받지 못하는 일이 생겨납니다. 이들 중 몇몇은 이런 자신의 장점이 소홀하게 취급받는다고 속상해합니다.

그런 학생들에게 꼭 들려주고 싶습니다. 장점은 귀울림과 같아서 남들이 알아차리지 못한다고, 그것만이 우리의 장점이라고 말이에요. 성적이 뒤처졌기 때문에 자존감이 낮아진 학생이 있다면 자기 장점이 무엇인지 생각해보세요. 친구는 물론이고 심지어는 엄마나 아빠도 알아주지 않는 장점이 많을 거예요. 자기가 그렇게 장점이 많은 사람임을 확인한다면 성적이 다소 나쁘다고 해서 자기를 업신여길 이유가 없다는 걸 인식하게 될 거예요. 여러분은 누구나 소중한 사람들입니다.

차멀미

TV에서 차멀미로 고생하는 분을 본 적이 있습니다. 멀미가 하도 심해서 불과 일 분도 버티지 못하는 분이었습니다. 차를 타고 이동하는 일은 아예 엄두를 내지 못한다고 합니다. 사람을 만나러 멀리 가거나 집안의 경조사에 참석하는 일도 불가능했습니다. 그가 겪는 고통은 이것만이 아니었습니다. 그는 차멀미 때문에 멀리 사시는 노모(老母)를 만나러 가지 못합니다. 간절한 그리움에 차를 탔지만 몇 분 만에 쓰러지다시피 내릴 수밖에 없었습니다.

저도 차멀미가 심해서 그분이 겪는 고통이 제 일 같았습니다. 차를 타고 멀리 가야 할 일이 생기면 걱정부터 앞섭니다. 미리 약을 먹기도 하고 몸에 붙이기도 하지만 불안감이 가시는 건 아닙니다. 그래서 제일 앞줄에 앉아 멀리 창 밖 풍경을 바라보거나 아니면 차 안에서 줄곧 잠을 청합니다. 몇 년 전에 경남 고성으로 교직원 연수를 갈 때는 멀미가 하도 심해서 고속도로에 그냥 내리고 싶었을 정도였습니다.

이처럼 멀미가 심한 저이지만 멀미를 전혀 걱정하지 않아도 되는 때가 있습니다. 그런 때는 아무리 멀리 가도, 또 여러 날 차량을 이용해도 마음이 편합니다. 멀미약을 먹거나 몸에 붙이지 않아도 조금도 염려하지 않습니다. 유난히 몸 상태가 좋기 때문만도 아니고 기분이 좋아서도 아닙니다.

제가 멀미를 전혀 걱정하지 않아도 되는 때는 언제일까요? 제가 직접 차를 운전하는 때입니다. 가족 여행을 떠나 3박 4일씩 운전을 해도 멀미를 전혀 느끼지 못합니다. 제가 운전하는 동안은 멀미와 아무 관계가 없습니다. 왜일까요? 내 의지대로 몸을 움직이기 때문입니다. 내 몸이 앞으로 나아가거나 멈추는 것을 제가 먼저 알기 때문입니다. 다른 사람이 운전하는 차를 타고 갈 때는 다릅니다. 나도 모르는 사이에 차가 출발하고 내 마음과 다르게 차가 멈춥니다. 그럴 때마다 내 의지와 관계없이 몸이 흔들리고 이것이 반복되면서 멀미가 심해진다고 합니다.

차를 탈 때만 이러지는 않은 듯합니다. 인생살이도 이와 다르지 않습니다. 인생살이가 너무 거창하다면 고교 시절로 제한해도 좋습니다. 십대의 마지막 삼 년에 해당하는 고교 시절은 너무 빨리 지나갑니다. 미처 대비할 틈도 없이 일과가 진행되고 한 학기, 일 년이 굉음을 내며 사라집니다. 그런 생활 속에서 자기 몸과 마음을 가누기란 여간 어려운 일이 아닙니다. 그래서 많은 학생들이 학교생활에 피로를 호소하고 그중에 몇몇은 학교 울타리를 벗어나기도 합니다.

고교 생활은 버스를 타고 비포장도로를 마구 달리는 것과 다르지 않습니다. 고교 시절이라는 이름의 버스에 탑승한 여러분들이 멀미에 시달리지 않는 방법은 운전자가 되는 것입니다. 자기 의지대로 고교 시절이라는 이름의 버스를 운전해보세요. 차창을 스치는 풍광이 멀미를 사라지게 할 겁니다. 꼭 그러기를 응원합니다.

인간만 하는 행동

인간은 동물입니다. 인간이 지닌 특징은 동물에게서도 많이 발견됩니다. 우리가 일상적으로 하는 행위는 다른 동물과 크게 다르지 않습니다. 동물도 먹이를 구하고 가족을 구성하며 새끼를 낳아 기릅니다. 부부 간의 도타운 애정, 자식을 사랑하는 마음이 인간 못지않습니다.

모성애나 부성애가 인간만의 덕성은 아닙니다. 가시고기는 부성애가 강합니다. 가시고기는 번식기가 되면 물풀 줄기와 잎으로 수컷 혼자 집을 만듭니다. 암컷이 이 집에다 알을 낳습니다. 암컷은 알을 낳으면 집을 떠나버립니다. 그 후 열흘 정도 수컷이 혼자 알을 지킵니다. 그동안 다른 암컷이 오면 쫓아버립니다. 알을 지키면서 수컷은 가슴지느러미를 움직여 맑은 물을 공급합니다. 마침내 알이 깨어나 둥지를 떠납니다. 새끼가 태어나는 모습을 보느라 탈진한 수컷은 이내 죽습니다. 바다에 서식하는 해마의 부성애도 눈부십니다. 해마는 번식기가 되면 암컷이 수컷의 배에 있는 주머니(육아낭) 속에 알을 집어넣습니다. 이때부터 수컷은 수정란을 돌보고 부화시키고 새끼가 어느 정도 자라 독립할 때까지 뱃속에서 키우기까지 합니다. 수컷의 배가 점점 불러오고 새끼 해마가 일 센티미터 정도까지 자라면 수컷은 몸에서 새끼 해마를 내보냅니다.

집 짓는 실력도 인간만 지닌 능력이 아닙니다. 까치들은 나뭇가지 등을 이용하여 둥지를 만듭니다. 접착제를 사용하지도, 못을 박지도 않습니다. 나뭇가지를 얼기설기 엮어서 아담하지만 편안한 둥지를 완성합니다. 높은 나뭇가지 위에 있지만 거센 바람에도 무너지지 않습니다. 현대의 건축물이 태풍에 넘어지는 일은 잦지만, 까치집은 그런 일이 매우 드뭅니다. 그 안전한 둥지에서 까치는 알을 낳아 새끼를 길러냅니다.

중국 명나라 때 이시진(1518~1593)이 남긴 『본초강목』에 까마귀의 습성을 기록한 내용이 전합니다. 까마귀는 부화한 지 육십 일 동안은 어미가 새끼에게 먹이를 물어다주지만 이후 새끼가 다 자라면 먹이 사냥에 힘이 부친 어미를 먹여 살린다고 합니다. 까마귀가 어미를 되먹이는 습성을 반포(反哺)라고 하는데 이는 극진한 효도를 의미합니다. 반포지효(反哺之孝)는 자식이 어버이 은혜에 보답하려는 지극한 효심을 가리키는 말로 남았습니다. 새끼양은 젖을 먹을 때 무릎을 구부리고 꿇어앉습니다. 옛날 사람들은 이런 모습에서 부모를 공경하는 자세를 연상했습니다. 고양궤유(羔羊跪乳)라는 단어가 여기에서 생겨났습니다. 이 성어는 어린 양이 무릎 꿇고 젖 먹는 모습을 가리키는 말로, 부모를 공경하는 마음을 나타냅니다.

자식이나 부모를 잃었을 때는 동물들도 몹시 슬퍼합니다. 코끼리는 새끼가 다치면 무리에서 떨어져 멍하니 앉아만 있습니다. 어미 임팔라는 새끼가 잡아먹힌 곳을 떠나지 못하고 온종일 서성입니다. 어미 잃은 새끼 동물의 슬픔은 때로 인간을 넘어서기도 합니다. 새끼 침팬지는 죽은 어미 곁을 떠나지 않아 굶어 죽기까지 합니다. 밀렵꾼에게 어미를 잃은 새끼 코끼리는 자다가 비명을 지르며 깰 때도 있습니다.

장례식을 치른다고 알려진 동물도 있습니다. 대부분의 동물들은 가족이나 친구가 죽으면 사체를 버리고 떠나지만 어떤 동물들은 장례를 지내고 심지어는 무덤을 만들기도 합니다. 코끼리들은 죽은 코끼리 주위에 빙 둘러서서 머리를 세우고 애도하며 나뭇가지와 흙으로 사체를 덮어줍니다. 오소리들은 구덩이를 파서 죽은 오소리를 넣고 흙으로 덮어줍니다. 고릴라는 친구가 죽으면 밤을 새우며 슬퍼하고 짝이 죽으면 손으로 가슴을 치며 짝이 좋아했던 풀을 손에 쥐어주며 일으켜 세우려는 동작을 합니다. 회색기러기는 짝이 죽으면 고개를 푹 숙이고 다니고 백조는 짝이 죽으면 따라 죽기도 합니다.

이렇게 보면 인간이 동물과 다를 바가 전혀 없는 것처럼 생각됩니다. 인간만 하는 행동은 거의 없어 보입니다. 그런데 우리가 늘 하는 행동 중에 다른 동물은 전혀 하지 않고 인간만 하는 게 있습니다. 그게 과연 무엇일까요?

바로 지금 우리가 하고 있는 이 행동입니다. 하나의 개체가 말하고 다른 개체들이 빙 둘러 앉아서 듣는 행동은 인간만 합니다. 여러분들은 한 마리 새가 지저귀는데 다른 새들이 모두 쳐다보는 모습을 본 적이 있나요? 어느 개가 짖는데 다른 개들이 일제히 바라보는 장면을 상상할 수 있을까요?

반면에 우리는 늘 이렇게 지냈습니다. 수업 시간이 그렇고 종례 시간도 다르지 않습니다. 여러분들은 십여 년 동안 날마다 수업을 반복했습니다. 그래서 '수업'이나 '종례'에 특별한 의미를 부여하지 않을 수도 있습니다. 어쩌면 이런 것들이 지겹기 짝이 없을지도 모르겠습니다. 그 지겨운 일상이 인간을 동물과 구별 짓는 중요한 기준입니다. 앉아서 듣는 데서 멈추지 말고 자주 발표해보기 바랍니다. 그것이 우리를 인간답게 만드는 길입니다.

압정

교실에는 날마다 이런 저런 공지 사항이 전달됩니다. 그중에 어떤 것은 유인물 상태로 배부되고 압정에 꽂혀 교실 게시판에 부착되기도 합니다.

압정은 참 단순합니다. 손으로 누르는 넓은 부분과 벽에 고착되는 못으로 이루어졌습니다. 압정은 둘 중 한 부분이 없으면 제 역할을 못합니다. 넓은 부분이 없으면 아파서 누를 수가 없고 못이 없으면 종이를 벽에 고정시키지 못합니다. 압정은 지극히 단순하며 두 부분이 상호 보완적입니다.

우리가 자주 하는 일 중에는 압정 같아야 하는 게 있을 듯합니다. 공부와 인간관계가 대표적이겠네요.

공부는 넓은 부분에서 시작하여 점점 범위를 좁혀가는 방식으로 이루어집니다. 먼저 여러 분야에 해당하는 다양한 지식을 쌓게 됩니다. 인문과학, 자연과학은 물론이고 예체능 분야에 이르기까지 참 많은 내용을 익혀야 합니다. 교실 벽에 부착된 수업 시간표를 보세요. 여러 분야의 다양한 과목이 빼곡히 적혀 있지요. 학년이 올라갈수록, 상급 학교에 진학할수록 이 분야가 점점 좁아집니다. 예를 들어 저는 고등학교 때까지는 수학과 생물을 배웠지만, 대학생이 된 후로는 공부할 기회가 없었습니다. 대신 국어국문학 전공 서적과 가까워졌습니다.

공부는 압정을 닮았습니다. 다양한 분야에서 시작하여 전공에 이르게 되니까요. 그런데 어떤 학생들은 못에 해당하는 부분만 중요하게 여기고 넓은 부분은 무시합니다. 자기가 관심 있는 영역은 최고라고 중시하지만 다른 분야는 얕보기까지 합니다. 이것은 손으로 누르는 부분이 없어도 '못'만으로 압정이 이루어진다고 생각하는 것과 같습니다.

이런 생각을 하는 학생들이 의외로 많습니다. 그들은 자신에게 필요한 과목이 아니라면 관심을 두려고 하지 않습니다. 예컨대 국어국문학과에 갈 거니까 수학이나 생물학 따위는 몰라도 된다는 식입니다. 이런 생각을 더 밀고 나아가면 문학은 문학 공부만으로 충분하기 때문에 심지어는 역사를 몰라도 된다는 편견에 도달하게 됩니다. 세상은 갈수록 다양해지고 점점 여러 분야를 통합하여 사고하는 능력을 중요하게 여기는 쪽으로 변하고 있습니다. 폭넓은 교양이나 지식이 없어도 된다는 사고방식은 이런 시대 흐름과 어긋납니다. 역사는 물론이거니와 심리학, 그리고 자연과학과 관련된 지식을 쌓은 사람이라면 좋은 작가가 될 토대를 갖춘 셈입니다. 그리고 문학 작품을 깊이 읽어낼 준비가 된 사람이겠지요.

공부만이 아닙니다. 인간관계도 압정을 닮으면 좋겠습니다. 학급의 모든 친구와 두루두루 사이좋게 지내면서 마음이 꼭 맞는 몇몇 친구와는 깊게 사귀는 방식입니다. 특정한 친구와 친하다고 해서 그 밖의 친구들을 멀리하는 행동은 어리석습니다. 어떤 친구와 사이가 좋다고 해서 다른 친구들을 외면하면 안 됩니다. 교실에서 오직 한 명의 친구와 대화하며 지내는 학생을 상상해볼까요. 어쩌다가 말벗이 결석하는 날에는 교실에 앉아 있는 일 자체가 어색합니다. 그 친구가 전학을 갈 수도 있습니다. 아니면 해가 바뀌어 다른 반에 편성되기도 합니다. 이러면 한 해 동안 외톨이로 지낼 수밖에 없겠지요.

반면에 모든 친구와 친하게 지낸다고 해도 속마음을 털어놓을 친구가 없다면 이런 교우 관계도 바람직해 보이지 않습니다. 사람은 남들에게 쉽게 열어보일 수 없는 고민을 갖기 마련이거든요. 그런가 하면 내게 시련이 찾아왔을 때, 견디기 힘든 고통이 찾아왔을 때 내 곁을 지켜줄 누군가가 꼭 필요합니다. 그런 관계는 세속적인 이해관계에 물들지 않은 청소년기에 형성되는 일이 많습니다.

다양한 분야의 교양을 두루 쌓으면서 특정한 분야에 해박한 전문가가 되면 좋겠습니다. 그리고 모든 친구들과 원만한 관계를 유지하면서 남다른 교감을 나누는 친구를 몇 명 사귀기를 권합니다. 압정처럼 공부하고 압정같이 친구를 사귀어보세요.

경청의 힘

우리 귀는 항상 열려 있습니다. 그래서 우리는 원하든 원하지 않든 소리에 노출된 채 하루를 보냅니다. 소리는 저절로 들립니다. 소리를 듣는 태도는 세 가지 단계로 나뉩니다. 한자를 이용하여 그 단계를 순서대로 살펴봅시다.

먼저 문(聞)이 있습니다. 흔히 '들을 문'이라고 하지요. 이 글자는 대문을 나타내는 글자[門]로 음을 나타내고 귀를 의미하는 글자[耳]로 뜻을 표현했습니다. 문틈으로 귀를 대고 듣는 행동을 말합니다. 여기에서 듣다, 알다, 지식, 소식 등의 뜻이 나왔습니다. 이 글자는 내가 어떤 의지를 갖고 듣는 게 아니라 내 귀에 들리는 소리를 그냥 듣는 모습을 가리킬 때가 많습니다. 예컨대 소문(所聞)은 사람들 입에 오르내리며 전해져 들리는 말을 의미합니다. 여러 사람의 입에 오르내리다가 마침내 내 귀에 전해진 말이 소문입니다. 바람처럼 떠도는 소문을 가리키는 풍문(風聞)은 문(聞)에 담긴 의미를 잘 보여줍니다.

다음으로 청(聽)이 있습니다. 이 글자는 귀 이(耳), 덕 덕(悳)이 의미부이고 좋을 정(壬)이 소리부입니다. 곧은 마음[悳]으로 발돋움한 채[壬] 귀[耳] 기울여 듣는다는 뜻을 담았습니다. 이 외에도 받아들이다, 판결하다, 판단하다 등을 의미합니다. 이 글자는 문(聞)보다는 귀를 기울인다는 의미가 더 강합니다.

청(聽)만으로 듣기가 완성되지는 않습니다. 진정한 듣기는 상대방을 존경할 때 비로소 이루어집니다. 완전한 듣기는 말하는 사람이 나보다 가치 있는 삶을 살아왔으며 그래서 그의 말이 내게 꼭 필요하다는 마음으로 듣는 행위입니다. 이를 가리켜 경청(敬聽)이라고 합니다. 경청은 공경하는 마음으로 듣는다는 뜻입니다.

마음이 따르지 않는 듣기는 아무리 해봐도 내 마음에 새겨지는 게 없습니다. 건성으로 듣는 건 얼마든지 가능합니다. 우리 의지와 관계없이 늘 귀가 열려 있기 때문에 귀에 들어오는 소리를 막을 수는 없습니다. 하지만 그뿐입니다. 상대방을 귀하게 여기는 마음 없이 듣는 말은 아무리 좋은 의미를 담았을지라도 단지 자동차 소리나 혹은 물병 깨지는 소음과 다르지 않습니다.

이런 구별은 서양인들도 마찬가지입니다. 듣는다는 의미

를 나타내는 단어로 'hear'와 'listen'이 있습니다. hear가 청(聽)이라면 listen은 경청(敬聽)에 해당합니다. 그래서 영어 시간에 'listen carefully'라고 말합니다. 사전에서도 hear는 '귀에 들려오는 소리를 듣다, 귀에 들리다'로 풀이했습니다. 반면에 listen은 '(귀 기울여) 듣다, 귀 기울이다'로 풀이했습니다.

어떤 학생은 청과 경청을 구별하지 못합니다. 경청해야 할 때 청(聽)하거나 심지어는 문(聞)하는 모습을 봅니다. 수업 시간에 경청하지 않으면 시험 기간에 아무리 공부해도 원하는 결과를 얻을 수 없습니다. 자기 잘못을 지적하는 목소리에 귀 기울지 않는다면 단점을 고치지 못합니다. 결국 지금보다 조금도 성장하지 못한 채 살아가게 됩니다.

반면에 잘못을 지적했을 때 경청하는 학생도 많습니다. 그들은 눈동자 한 번 움직이지 않고 주의 깊게 듣습니다. 그리고 마지막에 공손하게 인사하고 돌아갑니다. 그런 학생일수록 나중에 같은 잘못을 되풀이하지 않습니다. 경청한 결과입니다.

자신을 바꾸고 싶은가요? 단점을 고치고 싶은가요? 경청이 우리를 변화시킵니다.

고찰하는 능력

눈을 가리켜 마음의 창이라고 부릅니다. 우리는 눈을 가졌고 잠자는 시간을 제외하면 늘 무언가를 봅니다. 우리 시선이 향하는 곳이 곧 내가 추구하는 세계이며, 눈길은 호기심을 직접적으로 표현하는 수단이 되기도 합니다. '보기'도 여러 단계가 있는 듯합니다. 한자를 이용하여 그 단계를 살펴볼까요.

먼저 볼 시(視)가 있습니다. 이 한자는 보일 시(示)와 볼 견(見)이 결합된 글자입니다. 보일 시(示)는 제사상 위에 놓인 제물을 나타냅니다. 그러고 보니 탁자 위에 무언가 놓인 모습을 닮았습니다. 이로부터 나타내다와 보여주다 등을 의미하게 되었습니다. 시(示)가 포함된 한자는 신(神)이나 제사(祭祀), 제사를 드리는 사당(祠堂), 신이 내리는 복(福)이나 화(禍) 등과 관련된 의미를 갖습니다. 볼 견(見)은 눈을 크게 뜬 사람을 그려서 대상물을 보거나 대상물이 눈에 들어옴을 나타냈습니다. 이로부터 보다, 만나다, 드러나다 등을 의미하게 되었습니다. 볼 시(視)는 눈을 크게 뜨고 제사상에 놓인 제물을 본다는 뜻을 담았습니다.

다음으로 볼 관(觀)이 있습니다. 이 글자는 볼 견(見)이 의미부이고 황새 관(雚)이 소리부입니다. 이 글자는 큰 눈을 가진 황새[雚]가 목표물을 응시하듯 뚫어지게 바라봄[見]을 가리킵니다. 이로부터 관찰, 본 모습, 인식 등을 나타내는 글자로 사용되었습니다. 우리가 보려는 대상은 가치 있고 빛나는 실체입니다. 무가치하고 의미 없는 대상에 눈길을 주는 사람은 없지요. 볼만한 가치가 있다고 여기는 대상을 빛 광(光)으로 표기하기도 합니다. 그런 대상을 보는 행위를 관광(觀光)이라고 합니다.

마지막으로 살필 찰(察)이 있습니다. 이 글자는 집[宀]에서 제사상[示] 위에 놓인 제물[月]을 손[又]으로 집어 들고 이상이 없나 꼼꼼히 살피는 모습을 형상화했습니다. 이로부터 고찰(考察)하다, 통찰(洞察)하다 등을 가리키게 되었습니다. 이 글자를 관(觀)과 결합한 게 관찰입니다. 찰(察)은 예리한 관찰력으로 사물을 꿰뚫어보는 행위를 의미합니다. 조상을 기리는 제사를 무엇보다 중요하게 여겼던 옛날 사람들로서는 제물을 살피는 일이 가장 시선을 집중하는 행위였습니다. 이 글자가 포함되면 가장 높은 단계의 '보기'가 됩니다. 고위 관리는 두루 돌아다니며 실지(實地)의 사정을 살피는 시찰(視察)을 합니다. 위대한 과학자일수록 실험 과정이나 결과를 관찰(觀察)하는 데 열정을 쏟습니다.

보기에도 이처럼 여러 가지가 있다는 인식은 서양인들도 마찬가지인 듯합니다. 'see'는 시(視)를, 'look'은 관(觀)을, 'watch'는 찰(察)을 의미하는 경우가 많습니다.

앞에서 말한 듣기와 여기서 설명한 보기의 여러 단계 중에 낮은 단계를 지시하는 글자를 골라보면 시(視)와 청(聽)이 되고 이 글자를 합하면 시청(視聽)이 됩니다. 그렇습니다. TV를 시청할 때 주의력을 집중하는 경우는 많지 않습니다. 그것은 단지 보고 듣는 행위에 불과합니다. 그래서 TV 시청을 많이 하면 후회하곤 합니다.

한 번 본 것을 오래 기억하고 싶나요? 주변에 두뇌가 매우 명석해서 부러운 친구가 있나요? 그렇다면 경청하고 고찰해보세요. 수업 내용을 오래 기억하는 게 가능할 거예요. 머리가 좋은 사람이라는 부러움도 사게 되겠지요. 경청과 고찰, 누구나 할 수 있습니다.

듣기 vs 보기

일상에서 잠자는 시간을 제외하면 우리는 듣거나 보면서 하루를 보냅니다. 듣지도 않고 보지도 않는 순간은 드물지만, 들으면서 보는 시간은 많습니다. 듣기와 보기는 살아 있는 동안 숨쉬기 다음으로 많이 하는 행동입니다.

듣기는 우리 의지와 관계없이 이루어집니다. 소음은 내가 듣고 싶지 않아도 막지 못합니다. 소음이 그칠 때까지 참거나 자신이 그 자리를 뜨는 수밖에 달리 방법이 없습니다. 게다가 우리나라는 인구 밀도가 높습니다. 좁은 공간에 사람이 밀집한 경우가 많습니다. 그리고 그들 중에는 다른 사람을 배려하지 않는 사람도 섞여 있기 마련입니다. 그래서일 겁니다. 요즈음 이어폰을 늘 꽂고 생활하는 사람이 많이 보입니다. 듣기 싫은 소리에 무방비로 시달리느니 차라리 귀를 막겠다는 의사 표시인 듯합니다. 보기는 우리 의사에 따라 이루어집니다. 듣기 싫은 것을 막을 수는 없지만 보고 싶은 것은 골라서 볼 수 있습니다. 꼴 보기 싫으면 고개를 돌리거나 눈을 감으면 됩니다.

듣는 행위는 말과 관련이 깊습니다. 말은 인간이 의사를 주고받는 중요한 수단입니다. 우리 생각을 말로 전달하고 소리로 전달되는 상대방의 목소리를 듣습니다. 보는 행위는 글과 밀접합니다. 글도 중요한 의사소통 수단입니다. 내 생각을 글로 표현하고 다른 사람의 글을 읽으면서 그의 생각을 파악합니다. 듣기와 보기는 언어와 맞닿아 있다는 점에서 닮았습니다.

하지만 말과 글은 참 다릅니다. 말은 내뱉는 순간 사라지지만 글은 오래 보존됩니다. 그리고 글을 발표할 때는 말을 할 때보다 훨씬 조심스럽습니다. 말을 할 때보다 글을 쓸 때 더 많이, 더 깊게 생각하게 됩니다. 글을 쓰고 나면 그 글을 여러 번 더 '보기' 마련입니다. 반면에 자기가 한 말을 여러 차례 듣기란 불가능합니다. '쓰기'는 '말하기'보다 생각을 많이 한 결과입니다. 말하기는 누구나 하지만 글쓰기는 일부의 사람만 합니다. 또한 듣기를 멈추기는 어렵지만 보기[독서]를 멈추기는 훨씬 쉽다는 점도 큰 차이입니다.

글쓰기는 생각을 많이 하게 만들고, 생각하는 중에 이따금 멈춰 서서 사고의 발자국이 어지럽지 않은지 살피게 합니다. 읽기는 그 가지런한 발자국에 자기 민낯을 비춰보는 행위이지요. 글 속에서 자기 모습을 발견하려면 내면이 고요해야 합니다. 울퉁불퉁한 거울에 내 얼굴을 비춰볼 수는 없습니다. 흘러가는 물은 내 얼굴을 되비치지 않습니다. 나의 내면이 고요할 때 비로소 읽기가 가능해집니다.

앞에서 보기는 듣기와 달리 우리의 의지가 작동한 결과임을 강조했습니다. 이를 달리 말하면 '그가 보는 것이 곧 그'라는 뜻도 됩니다. 자신이 어떤 사람인지 궁금한가요? 그렇다면 여러분의 책장을 들여다보세요. "당신의 서재를 보여달라. 그러면 당신이 누구인지 말해주겠다." 니콜 라피에르의 장담이 허풍은 아닙니다. 내가 보는 것, 그게 곧 나입니다.

마비되는 다리

우리는 다섯 가지 감각을 가지고 있습니다. 미각, 촉각, 시각, 후각, 청각입니다. 이들 감각마다 좋아하는 대상과 기피하는 대상이 다릅니다. 예컨대 맛깔스러운 음식과 맛없는 음식, 부드러운 촉감과 혐오스러운 촉감, 아름다운 풍광과 흉측한 모습, 향기와 악취로 구분됩니다. 이 중에서 좋아하는 대상은 더욱 가까이 하고 싶고, 싫어하는 대상은 멀리 떼어내고 싶습니다.

기피하는 대상과 멀어지는 방법은 간단합니다. 보기 싫으면 눈을 감으면 됩니다. 만지기 싫으면 손을 대지 않으면 됩니다. 먹기 싫으면 뱉으면 됩니다. 악취를 피하려면 바람을 등지면 됩니다.

청각은 예외입니다. 듣기 싫다고 해서 안 들을 방법이 없습니다. 아무리 귀를 막아도 소음은 귓전을 파고듭니다. 게다가 같은 소리라도 사람에 따라 좋아하고 싫어하는 차이가 큽니다. 할아버지께서 몹시 좋아하는 트로트 선율을 손녀는 소음으로 여깁니다. 지하철 안에서 누군가는 이어폰으로 최신 음악을 즐기지만, 이어폰 밖으로 새나오는 소리를 듣는 옆 사람은 '무식[music]한 녀석'이라며 눈을 흘깁니다.

원하지 않는 소리를 견디는 것은 지독한 고통입니다. 소음에 진동까지 보태지면 분노를 참기 어렵습니다. 하루 이틀도 아니고 날마다 소음과 진동에 짓눌린다면 누구라도 견디기 어렵습니다. 불쾌지수와 짜증이 겹치면서 치솟는 화를 억누르기 힘든 감정 상태가 됩니다. 그런데 우리나라 사람 중 절반가량이 원하지 않는 소음과 진동에 시달리는 아파트나 연립주택에 삽니다. 여기에 다른 사람을 배려하지 않는 풍조 때문에 생기는 층간 소음으로 빚어진 갈등이 극심해져, 심지어 방화나 살인 사건까지 발생합니다. 건축법이 적용된 건물에 사는 사람들 사이에서 이런 참극이 벌어지는 게 우리 현실입니다.

저는 한 아파트에서 이십사 년을 살았습니다. 그동안에 여러 집이 위층에 살다가 이사를 갔습니다. 위층에 사는 사람들이 살아가는 모습에서 저는 '가정교육'이 무엇인지 절감했습니다. 사람이 사는지도 모르게 살다간 집도 있었고 이사를 오는 날부터 줄곧 소음과 진동을 일으키는 가정도 만났습니다. 아래층에 피해를 주지 않으려고 애쓰는 가족일수록 승강기에서 인사를 잘 합니다. 그리고 혹시 불편한 게 없느냐며 있으면 언제든지 말해 달라고 자청합니다. 무례한 집일수록 이와 반대입니다. 소음과 진동이 너무 심하다고 해보았지만 조금도 나아지지 않았습니다. 그래서 포기했습니다.

저희 아래층 분들은 제가 처음 이사 올 때부터 지금까지 그 집에 사십니다. 이곳에서 두 딸이 성장하는 동안 우리 가족 때문에 불편한 점이 한두 가지가 아니었겠지요. 하지만 한 번도 항의하지 않으셨습니다. 승강기에서 만났을 때 미안함을 표현하면 얼마든지 이해한다는 후덕함을 보여주셨습니다. 아래층 가족은 말이 아니라 행동으로 저를 가르치신 분들입니다.

그분들에게 보답하는 선물이 무얼까 궁리해보았습니다. 조금이라도 더 조용하게 지내는 일상이 가장 정성이 담긴 선물일 것입니다. 그래서 집을 드나들 때 조심합니다. 아파트 출입문을 열면 조금 기다렸다가 문이 거세게 닫히지 않도록 잡아줍니다. 학교에서 야간 자율 학습을 지도하는 날은 열한 시가 훌쩍 넘어서야 귀가합니다. 그런 날은 쪼그려 앉은 채 샤워합니다. 비누칠을 하고 물로 씻어내려면 몇 분이 걸립니다. 그러는 동안 다리가 저려 마비가 되는 것만 같습니다. 어떤 날은 욕실 벽면을 붙잡고 일어설 때도 있습니다. 하지만 이것이 조금이라도 소음을 줄이는 방법이기에, 마음을 담아 아래층에 선물을 드리는 유쾌한 심정으로 다리 저림을 받아들입니다. 다리는 저려도 마음은 즐겁습니다.

옷깃과 소매

머리 혈(頁)이 들어 있는 글자는 머리를 의미할 때가 많습니다. 예컨대 정수리 정(頂), 목 항(項), 이마 액(額) 등이 그렇습니다. 머리 혈(頁)을 의미부로 삼고 콩 두(豆)를 소리부로 삼으면 머리 두(頭)가 됩니다. 그런가 하면 머리 혈에 명령할 령(令)을 결합하면 옷깃 령(領)이 만들어집니다. 옷깃은 저고리나 두루마기에서 머리[頁]와 맞닿은 목에 둘러대어 앞에서 여미도록 한 부분을 가리킵니다. 옷 의(衣)에 말미암을 유(由)를 결합하면 소매 수(袖)가 만들어집니다. 옷깃을 가리키는 말[領]과 소매를 나타내는 말[袖]을 결합하면 영수(領袖)가 됩니다. 이 단어를 『표준국어대사전』에서는 이렇게 풀이했습니다.

영수(領袖): 여러 사람 가운데 우두머리

옷깃과 소매가 우두머리를 의미하게 된 이유가 무엇일까요? 옷깃은 옷 전체의 중심이 되기 때문에 '명령을 내리는 지도자'나 '통솔하다' 같은 뜻이 갈라져 나왔습니다. 그래서 어떤 조직의 우두머리가 만나서 의제를 가지고 말을 나누는 모임을 영수회담이라고 합니다. 대통령과 야당 대표가 만나는 행사도 영수회담입니다.

옷깃과 소매는 목과 팔이 드나드는 부분입니다. 옷의 다른 부분에 비해서 빨리 더러워지고 쉽게 낡습니다. 여러분이 입는 교복을 생각해보면 금방 이해할 수 있을 겁니다. 목 부분과 소매 부분은 유난히 지저분해서 빨래할 때 비누칠을 더하거나 솔로 여러 번 문지른 후에 세탁기에 넣는 일이 많지요. 고승을 그린 그림에도 이런 특징이 잘 나타납니다. 즉 목 둘레와 소매 부분에 천을 덧댄 옷을 입은 초상화가 지금도 많이 전해집니다. 요즈음 우리가 즐겨 입는 생활한복에서도 이런 흔적이 보입니다.

유난히 잘 더러워지고 구질구질해지는 부분으로 지도자를 나타내는 이유가 무엇일까요? 저는 지도자들에게 엄격하게 요구되는 옷차림의 격식에 답이 있을 거라고 생각합니다. 동서고금을 막론하고 지도자들은 옷을 입을 때마다 까다로운 격식을 갖추었습니다. 형태며 색깔은 물론 장식물까지 엄격한 규정을 두었습니다.

그것만이 아닙니다. 양국의 대통령이 만날 때도 미리 약속을 정해서 복장의 균형을 맞춥니다. 한 사람은 넥타이를 맸는데 그를 맞이하는 대통령이 넥타이를 매지 않은 모습은 보기 어렵습니다. 대통령이 앉아서 대화할 때는 재킷 단추를 푼 채 있다가도 일어서서 악수를 할 때면 먼저 단추부터 잠그는 모습이 뉴스 화면에 자주 방송됩니다.

외모를 단정히 함으로써 내면을 가지런하게 하고 그것으로 자신이 어느 조직의 지도자임을 나타내는 관습은 인류가 간직한 오랜 전통인 듯합니다.

휴대폰과 휴대 공간

행정자치부가 발표한 2017년 우리나라 인구는 오천백칠십일만 명입니다. 같은 시기 스마트폰과 피처폰 사용자를 합친 우리나라 휴대폰 이용자 수는 오천오백만 명이었다는 통계가 나왔습니다. 숫자로만 따지면 국민 수보다 휴대폰 숫자가 더 많은 셈입니다.

편리하려고 쓰는 휴대폰이지만 이용자가 크게 늘어나면서 여러 문제도 생겨났습니다. 공공장소에서 큰 소리로 통화하여 옆사람을 불편하게 하는 행동이 대표적입니다. 이런 사람들은 휴대폰을 갖고 있어도 '휴대 공간'에 대한 인식은 갖추지 않았습니다. 거칠게 말하면 휴대폰으로 휴대 공간을 깨트리는 사람이라고도 할 수 있습니다.

휴대 공간은 어떤 공간의 내부 면적을 그 공간에 있는 사람들

숫자로 나눈 공간을 이르는 말입니다. 예를 들어 스무 평짜리 실내에 혼자 있다면 내 휴대 공간은 스무 평입니다. 그 실내 전부가 내 차지입니다. 나 말고 다른 사람이 한 명 더 있다면 내 휴대 공간은 열 평으로 줄어듭니다. 사람이 많아질수록 각자의 휴대 공간은 좁아집니다.

휴대 공간은 공중도덕을 말할 때 자주 언급됩니다. 내 휴대 공간을 넘어서 남의 휴대 공간을 침범하는 행동은 공중도덕을 깨트리는 짓입니다. 공공장소에서 누구나 지녀야 할, 지켜야 할 개념이 휴대 공간인 것입니다. 지하철을 예로 들어볼까요. 남성이 다리를 너무 벌려서 옆자리 여성에게 밀착한다면 불쾌함을 넘어, 수치심을 부르는 폭력적인 행위가 될 수 있습니다. 아니, 성별 불문하고 '쩍벌남'을 좋아하는 사람은 없을 겁니다. 쩍벌남은 다른 사람의 휴대 공간을 침범해 불편을 주는 못난이입니다.

지하철에서 큰 소리로 통화하는 행동 역시 휴대 공간을 깨트립니다. 다른 사람의 청각을 괴롭히는 꼴불견 짓입니다. 나와 남의 휴대 공간을 고려하지 못하는 사람들이 상당히 많다 보니 지하철 등 공공장소에서 불편함을 느끼는 일이 잦습니다. 저마다 휴대 공간을 깨트린다면 지하철이 아니라 아수라장이 되겠지요. 아수라장에서 살고 싶은 사람이 있을까요?

휴대 공간에 대한 개념이 보다 확고한, 시민 의식과 공중도덕이 발달한 곳에서는 소음이 적습니다. 일본의 지하철은 독서하기에 불편하지 않습니다. 여러 문제를 일으키는 나라이지만, 공중도덕 의식만은 칭찬할 만합니다. 동양의 현인 노자는 이런 말을 남겼습니다.

> 아는 사람은 말하지 않고 말하는 사람은 알지 못한다.
>
> 知者不言 言者不知 (지자불언 언자부지)

지하철 같은 공공장소나 쉬는 시간의 교실에서 다른 이는 아랑곳하지 않는 사람들에게 선물해주고 싶은 말입니다. 앞으로 휴대폰 숫자와 이용자 수가 더욱 증가할 것입니다. 휴대폰 사용자 누구나 휴대 공간도 함께 지니고 다니면 좋겠습니다.

삼간(三間)

간(間)은 사이를 나타내는 글자입니다. 『표준국어대사전』에서는 사이를 이렇게 풀이합니다.

1. 한곳에서 다른 곳까지, 또는 한 물체에서 다른 물체까지의 거리나 공간
2. 한때로부터 다른 때까지의 동안
3. (주로 '없다'와 함께 쓰여) 어떤 일에 들이는 시간적인 여유나 겨를
4. 서로 맺은 관계. 또는 사귀는 정분

사이가 이루어지려면 두 개의 물체나 시간, 혹은 사람이 필요합니다. 간(間)이 포함된 단어 중에 시간(時間), 공간(空間), 인간(人間)이 가장 많이 사용됩니다.

시간은 어떤 시각에서 다른 시각까지의 사이를 가리킵니다. 아홉 시에서 열 시까지는 한 시간입니다. 하루는 스물네 시간입니다. 그리고 하루가 일곱 번 반복되면 일주일이 됩니다. 우리가 누리는 가장 큰 시간은 태어나서 죽을 때까지입니다. 이걸 가리켜 인생(人生)이라고 하지요.

우리는 자기 인생이 이루어지는 시간을 선택하지 못합니다. 태어나는 시간을 고를 수가 없습니다. 예를 들어 1583년에 조선에서 태어났다면 그는 열 살쯤 임진왜란을, 사십대에는 정묘호란을, 오십대에는 병자호란을 겪어야 했습니다. 우리는 특정한 시각에 태어나고 그 순간부터 내 의지와 상관없이 시간은 흘러갑니다. 우리 힘으로는 그 흐름을 늦추거나 멈추지 못합니다.

공간은 어떤 물질이나 물체가 존재하거나 어떤 일이 일어나는 자리를 가리킵니다. 공간은 시간과 함께 세계를 떠받치는 기본 형식입니다. 즉 우리는 어떠한 공간에서 삶을 이어갑니다. 집, 교실, 도시, 농촌 등이 모두 공간에 해당합니다.

공간도 내 마음대로 선택하지 못합니다. 대한민국에서 태어날 수도, 아프리카에서 태어날 수도 있습니다. 하지만 자기 삶이 이루어지는 공간을 선택하는 건 가능합니다. 외국으로 이민을 떠나는가 하면, 거주지를 옮기거나 다른 학교로 전학가기도 합니다. 공간은 인간의 삶에 커다란 영향을 미칩니다. 자기가 있는 공간을 세상의 전부인 양 생각하는 일이 많기 때문입니다. 병원에 가보면 세상에는 환자만 사는 것 같고 도서관에 가보면 이 세상은 공부하는 사람들로 넘쳐나는 것 같습니다. 맹모삼천은 이런 사실을 뒷받침하는 이야기로 유명합니다.

인간은 참 멋진 말입니다. 시간이 시각과 시각까지의 사이를 가리킨다면 인간은 개인과 개인 사이를 의미합니다. 혼자서는 사람이 되지 못합니다. 다른 사람과 나와의 사이, 그러니까 관계를 맺어야 비로소 인간이 됩니다. 앞으로 우리는 존재론(antology)이란 말을 폐기하고 관계론(desmology)이란 말을 대신 사용할지 모릅니다. 하나의 존재로서 인간이 지닌 본질은 관계성입니다.

우리 주변에는 이런 사실을 놓치는 사람이 적지 않은 듯합니다. 그들은 자기 혼자서 세상을 살아간다고 착각합니다. 다른 사람이 있어야 내가 인간이 된다는 사실을 모릅니다. 경제적으로 부유하거나 사회적 지위가 높은 사람들 중에는 저 혼자 잘났다고 빼기는 사람이 있습니다. 이따금 갑질을 한 사람이 언론을 통해 소개됩니다. 갑질은 자신이 인간이라는 사실을 잊어버린 결과입니다.

동양에서는 관계성을 잊지 않도록 가르치기 위해 인(仁)을 강조했습니다. 인(仁)은 『논어』에서 백세 번 보입니다. 백다섯 번

나오는 군자(君子)에 이어 두 번째로 많이 사용되었습니다. 인(仁)은 글자 모양대로 두 사람이 있어야 이루어집니다.

흔히들 이 글자를 '어질'이라는 뜻으로 새깁니다. 저는 이보다는 '사람다울'로 기억하고 싶습니다. 살구씨를 가리켜 행인(杏仁)이라고 합니다. 씨앗[仁 인]은 생명의 근원입니다. 씨앗에서 싹이 자라므로 싹이 곧 씨앗이라고 할 수는 없습니다. 그러나 싹은 틀림없이 씨앗에서 나온 것입니다. 인간다운 생명력을 간직하려면 인(仁)을 외면해서는 안 됩니다. 그런가 하면 불인(不仁)이라는 낱말도 있습니다. 한의학에서는 신체 일부분이 마비된 것을 불인이라고 합니다. 마비된 팔다리는 제 기능을 발휘하지 못합니다. 불인(不仁)하면 제 역할을 못합니다. 불인한 교사는 교사 본연의 역할에 충실하지 않은 사람입니다.

삶은 시간, 공간, 인간, 즉 삼간(三間)을 잘 구별하는 과정입니다. 시간을 아껴 쓰고 자신이 있어야 할 공간을 지키면서 다른 사람들과 어우러지는 삶. 참 단순하면서 지극히 아름답지 않나요?

오늘

우리는 주변에 늘 있는 사물이 귀함을 모릅니다. 손쉽게 얻을 수 있고 필요한 만큼 가져다 쓸 수 있으니 값진 것이 아니라고 여깁니다. 찾는 사람은 많은데 구하기 어려운 것을 귀하다고 합니다. 누구나 다이아몬드를 갖고 싶어 하지만 생산되는 양은 아주 적습니다. 누구나 김홍도가 직접 그린 그림을 탐내지만 원본을 갖기란 하늘의 별따기입니다. 다이아몬드나 김홍도의 그림은 참 귀합니다.

시간은 우리가 원하지 않아도 우리 앞에 쌓입니다. 그래서 시간을 저절로 주어지는 선물이라고 여기기 쉽습니다. 그 선물은 분량이 워낙 많아서 아무리 써도 줄어들지 않는다고 착각합니다.

우리에게 한없이 주어지는 시간을 '오늘'이라고 합니다. 오늘을 사전에서 찾아보면 '지금 지나가고 있는 이 날'이라고 풀어 놓았습니다. 아침에 눈을 뜨면 오늘이 시작됩니다. 이것은 온당한 판단은 아닙니다. 엄밀하게 말하면 지금 지나가고 있는 이 날의 어느 한 순간에 우리가 눈을 뜬 것입니다. 우리가 태어나던 순간도 마찬가지였습니다. 시간은 예전부터 계속 흘러가고 있었으며, 그 시간의 어느 지점에서 우리가 태어났습니다. 태어나던 그 순간부터 우리 의사와 관계없이 시간이 일정한 속도로 흘러갔습니다. 누구도 시간의 진행을 막을 수 없습니다. 시간은 인간이 좌우할 수 있는 영역 너머에 있으니까요.

저는 '오늘'을 '여생(餘生)'과 묶어서 생각합니다. 여생은 앞으로 남은 인생입니다. 여생은 사람마다 그 양이 다릅니다. 아흔을 넘긴 노인은 여생이 많지 않고 갓난아기는 별 탈이 없다면 그 노인보다 여생이 훨씬 많이 남았습니다. 사람은 여생을 재미있고 의미 있게 보내고 싶어 합니다.

여러분은 청소년이므로 여생이 많이 남았습니다. 지금까지 살아온 시간보다 앞으로 살아갈 세월이 훨씬 더 깁니다. 그래서일까요. 학생들 중에는 시간의 흐름을 대수롭지 않게 여기는 사람도 있는 듯합니다. 그들은 오늘이 무한정 반복되고 또 계속 주어질 거라고 믿습니다. 그러다가 돈을 펑펑 쓴 복권당첨자가 졸지에 가난해지듯이 어느 순간 자기 삶이 얼마 남지 않았다는 사실을 절감하게 됩니다.

제가 생각하기에 '오늘'은 '여생의 첫날'입니다. 누구나 처음 하는 일 앞에서는 신중해지고 진지해지며 경건해집니다. 단지 스물네 시간이 반복되는 게 오늘이라는 생각을 버리세요. 오늘을 '반복'이 아니라 처음 찾아든 하루라고 여기면 일상을 보내는 마음가짐이 달라지지 않을까요.

시간은 우리에게 계속 주어집니다. 그러기에 우리가 시간을 배분해야 합니다. 누구에게나 하루 스물네 시간이 주어지지만, 시간을 어떻게 배분하느냐에 따라 살아가는 방식이 달라집니다. 오늘은 늘 우리에게 무료로 주어집니다. 이 사실을 가볍게 여기지 않는 사람일수록 '해야 할 일', '하지 않아도 되지만 하면 더 좋은 일'에 시간을 배분합니다. 그들은 후회를 거의 남기지 않습니다.

오늘은 수없이 반복되는 게 아니라 오직 하나밖에 없는 하루입니다. 그런 점에서 오늘은 보통명사가 아니라 고유명사입니다. 참 귀한 선물입니다.

다시 살아보기

일상에서 흔히 듣는 말이지만 실천하기 힘든 게 있지요? 시간을 아껴 쓰라는 말도 그중 하나일 거예요. 시간을 허비하지 않는데도 별로 해놓은 게 없음을 발견했을 땐 참 난감합니다. 이런 고민을 털어놓는 학생들에게 권하고 싶은 방법입니다.

아무 것도 적혀 있지 않은 종이를 하나 준비하세요. A4 용지도 좋습니다. 이 종이를 세로로 삼등분합니다. 그리고 가로로는 이십오등분을 합니다. 즉 가로 세 칸, 세로 스물다섯 줄짜리 표를 하나 그립니다. 세로로 스물다섯 줄인 것은 제일 윗줄에다 해당 항목을 적기 위해서입니다.

왼쪽 첫 번째 칸에는 하루 스물네 시간을 한 시간 단위로 적어 내려갑니다. 제일 위 칸을 밤 열두 시로 해도 좋고 아침 일곱 시로 해도 좋습니다. 하루를 스물네 개로 나누어 적기만 하면 됩니다.

왼쪽 두 번째 칸에는 최근의 어느 하루 일과를 적습니다. 예를 들어 지난 토요일이나 일요일에 자신이 한 일을 왼쪽 칸에 적어놓은 시간 순서대로 기록합니다. 이때 가능하면 구체적으로 적는 게 좋습니다. 일어난 시간부터 씻고 먹고 외출한 것, 다른 사람을 만난 것, 식사한 장소와 거기에 들인 시간 등을 순서대로 꼼꼼하게 기록합니다.

왼쪽 세 번째 칸에는 두 번째 칸에 기록한 날로 다시 돌아갈 수 있다면—물론 이것은 불가능합니다—어떻게 생활할 것인지 적습니다. 이 칸을 채우려면 먼저 두 번째 칸에 기록한 날을 되돌아보아야 합니다. 그날 한 행동 중에 불필요하다고 판단된 것은 삭제해야 합니다. 그리고 꼭 해야 할 일이지만 적절한 시간에 하지 않았다면 다른 시간대로 옮겨야겠지요. 예를 들어 교회에 다녀와서 다시 문방구에 들렀다면 교회에서 돌아오는 길에 문방구에 들르는 식으로 조정합니다.

이렇게 다시 적어보면 참 놀라운 사실을 발견하게 됩니다. 둘째 칸에 적은 일을 다 했는데도 서너 시간이나 여유가 생깁니다. 그렇기 때문에 시간 허비하는 줄 모르고 지낸 생활을 반성하게 되지요. 시간 관리에 익숙하지 않았던 학생이라면 자기가 이토록 시간을 낭비했다는 사실에 화들짝 놀랄 거예요.

제가 권하는 이 방법은 스스로 반성함으로써 지난날의 잘못에서 벗어나는 길이기도 합니다. 반성(反省)은 돌이킬 반(反)과 살필 성(省)으로 이루어진 단어입니다. 돌이킴은 지금까지와 반대 방향으로 살아감을 의미합니다. 시간을 낭비했던 방식대로 그냥 지내는 것은 돌이키는 게 아닙니다. 동쪽으로 가던 사람이 서쪽으로 가야 돌이킴에 해당합니다. 시간을 낭비하던 사람이 시간을 아껴 쓰는 행위도 돌이킴입니다. 살필 성(省)은 적을 소(少)와 눈 목(目)이 합해진 글자입니다. 이 글자는 눈을 작게 뜬 모습을 그렸습니다. 멀리 바라볼 때는 눈을 크게 뜨고 가까이 보려면 눈을 작게 뜹니다. 그런 점에서 성(省)은 자기와 아주 가까이 있는 대상을 바라보는 행위입니다.

자기와 가장 가까이 있는 존재는 자기입니다. 반성(反省)은 타인을 향하는 게 아닙니다. 자기 언행에 잘못이나 부족함이 없는지 돌이켜보는 것이 반성입니다. 이미 지나간 어느 하루를 다시 살아보는 것은 반성을 위해 꼭 필요합니다. 어느 하루를 골라서 다시 살아보세요. 꼭 해보길 권합니다.

절[寺]의 언어

시(詩)는 말씀 언(言)과 가질 지(持)가 결합한 글자입니다. 이 글자는 시가 말을 재료로 삼아 만들어졌음을 잘 보여줍니다. 시는 문학 중에서도 말을 가장 말답게 다룹니다. 산문은 의미를 드러내는 데 힘을 쏟지만 운문은 여기에 더하여 언어의 아름다움까지 추구합니다.

시(詩) 안에 포함된 지(持)가 지금은 절 사(寺)로 남아 있습니다. 그래서 시(詩)는 '절에서 주고받는 언어'를 가리키는 말처럼 보입니다. 어원학적으로는 옳지 않겠지만, 의미만 두고 보면 그것도 맞겠다 싶습니다. 절이나 수도원에서는 꼭 필요한 말만 주고받는 일이 많습니다. 절에 가보면 수행하는 스님들은 많은데 온종일 고요합니다. 절은 '마음 깊이 가라앉힌 말'이 오가는 곳입니다. 시는 꼭 있어야 할 단어가 꼭 있어야 할 자리에 놓인 언어 결정체입니다. 그런 점에서 시는 절집의 언어라고 해도 어색하지 않습니다.

말을 많이 한다고 해서 꼭 좋은 건 아닙니다. 이런저런 실수를 저지르거나 남에게 상처를 줄 수도 있습니다. '말 많음'을 경계하는 속담이 전해지는 것도 이 때문입니다. '말 많은 집은 장맛도 쓰다', '말이 많으면 쓸 말이 적다', '말이 말을 만든다' 등의 속담이 여기에 해당합니다. 말[言]이 변화[化]한 것이 그릇될 와(訛)이고 말[言]로 하는[爲] 것이 거짓말 와(譌)이며 말[言]을 빼어나게[秀] 잘하는 게 유혹할 유(誘), 말[言]을 미치광이[狂]처럼 지껄이는 것이 속임수 광(誑)입니다. 말[言]을 묶어두어[兼] 적게 해야만 겸손(謙遜)해지며 말[言]이 많으면[多] 헤어진다[誃]고 본 것도 말을 경계하라는 뜻을 담고 있습니다. 무엇이든 정도가 지나치면 부족함과 같습니다. 꼭 필요한 말만 가려서 하되 말하지 않고도 내 마음을 전달할 수 있는 방법을 찾고 싶네요.

시는 압축되고 응결되고 침전된 언어입니다. 이런 생각은 서양인도 마찬가지였습니다. 독일어로 시를 'dichtung'이라고 합니다. 이 단어는 침전하다, 응결하다는 뜻을 가진 'dichten'과 관련이 깊습니다. 시는 아주 짧으면서도 참 많은 것을 느끼고 생각하게 만드는 언어 결정체입니다. 그중 몇 편을 함께 읽어볼까요. 여러분들이 자유롭게 감상하고 사고해보라는 뜻에서 제가

따로 설명을 붙이지는 않겠습니다.

놀라워라. 조개는 오직 조개껍질만을 남겼다.

—최승호, 「전집」

신은 시골을 만들었고
인간은 도회를 건설했다.
신은 망했다.

—이갑수, 「신은 망했다」

사람들 사이에 섬이 있다.
그 섬에 가고 싶다.

—정현종, 「섬」

너에게로 가는
그리움의 전깃줄에
나는
감
전
되
었
다

—고정희, 「고백 - 편지 6」

동양, 여성, 인디언

우리는 일상 속에서 보고 들은 것을 다른 사람에게 전달하는 일이 잦습니다. 이 말은 다른 사람이 보고 들은 것을 전해 받는 일이 많다는 뜻도 됩니다. 이런 경우 그가 어떤 입장이나 처지에서 세상을 바라보는지 꼼꼼히 따져야 합니다. 사람은 자기 관점에 따라 세상을 보기 때문입니다. 영화를 보거나 책을 읽을 때도, 그리고 뉴스를 볼 때도 그것을 생산해낸 사람이 어떤 눈으로 세상을 읽어내는지 살펴야 합니다.

한국인을 흔히 동양인이라고 합니다. 동양을 『표준국어대사전』에서 찾아보았습니다. '유라시아 대륙의 동부 지역. 아시아의 동부 및 남부를 이르는데 한국, 중국, 일본, 인도, 미얀마, 타이, 인도네시아 등이 있다'고 풀이합니다. 유라시아 대륙을 기준으로 동양과 서양을 나눕니다. 즉 동양이니 서양이니 하는 구분은 유라시아 서쪽 지역에 사는 사람들의 기준에 따라 결정된 셈입니다.

지구는 둥급니다. 따라서 한 방향으로 계속 걸어가면 원래 있던 자리로 돌아오게 될 것입니다. 우리가 동쪽으로 계속 걸어가면 서양에 다다르지 않을까요? 이런 점에서 동양이니 서양이니 하는 기준은 부자연스럽습니다. 유럽을 기준으로 삼는 사고가 담긴 구분이기 때문입니다.

우리가 서양인의 관점으로 세상을 보는 게 아닐지 의구심이 듭니다. 제국주의 시대부터 서양은 동양을 식민지로 지배했습니다. 그들의 필요에 따라 법을 제정하고 지하자원은 물론 문화재까지 약탈했습니다. 그러는 동안 동양인들이 오랜 세월 간직해온 자부심이 깡그리 무너졌습니다. 서구는 도덕적이며 성숙한 것이라는 사고가 확산되었고 동양은 비합리적이고 열등하다는 오류가 진리로 남았습니다. 예술 작품이나 여행기, 동양의 언어와 역사, 지리, 문화에 관한 학문과 연구로 이런 오류가 신념처럼 견고해졌습니다. 동양과 서양은 다를 뿐인데 그 다름을 우열로 바꾸어버린 것입니다. 이는 지배받는 자들로 하여금 지배하는 자들의 눈으로 세상을 보도록 조작 혹은 강요한 결과입니다. 서점에 가면 '세계'라는 단어가 포함된 책이 많습니다. 그런데 그 안을 보면 세계가 '서양'을 의미하는 경우가 허다합니다. 세계사는 서양사, 세계문학전집은 서양문학전집입니다.

이런 조작 혹은 강요는 여성과 남성 사이에서도 발견됩니다. 인류는 아주 오랫동안 남성 중심 사회를 유지했습니다. 그러다 보니 동서양을 가리지 않고 남성을 여성보다 우선시하는 사고가 확산되었습니다. 'man'을 사전에서 찾아보면 일차적으로 '남성'을 의미합니다. 두 번째 의미로 '사람들, 인류'라는 뜻풀이가 나옵니다. 남성만으로 인류 전체를 대신하는 게 온당할까요? 어느 국어학자는 다른 사람에게 빌붙어 살다는 뜻을 가진 '며늘'에 사람을 나타내는 '이'가 결합하여 '며느리'가 되었다고 주장합니다. 이렇게 본다면 '며느리'는 여성을 얕보는 시각이 담긴 단어입니다. 한자도 예외가 아닙니다. 여성을 나타내는 녀(女)가 포함된 글자 중에는 부정적인 인식을 드러내는 글자가 많습니다. 시끄럽게 송사할 난(奻)은 여자가 나란히 서 있는 모습이고 간사할 간(姦)은 여자가 셋 모인 모습입니다. 시기할 질(嫉)은 여자[女]가 앓는 질병(疾病)이고 허망할 망(妄)에도 여성이 보입니다. 그뿐만이 아닙니다. 아내 부(婦)는 빗자루[帚] 든 여자[女]를 가리킵니다. 이 글자는 빗자루로 청소한 집이 깨끗해지는 것처럼 여인들은 몸치장을 해서 아름다워졌음을 의미한다고 보기도 합니다. 그런가 하면 집에서 빗자루를 들고 청소하는 여자를 나타내는 글자로 보는 학자도 있습니다. 법 규(規)는 남성[夫]

의 관점에서 보는[見] 것이 법임을 보여줍니다.

자칫하면 다른 사람의 눈으로 세상을 보게 됩니다. 또한 편협하고 치우친 기준을 진리라고 믿기 쉽습니다. 비유하자면 자기는 맑은 하늘을 보았다고 여기지만 사실은 시야를 가리는 먹구름을 본 것에 불과할지 모릅니다. 신동엽 시인의 「누가 하늘을 보았다 하는가」 중 일부분을 소개합니다.

누가 하늘을 보았다 하는가
누가 구름 한 송이 없이 맑은
하늘을 보았다 하는가.

네가 본 건, 먹구름
그걸 하늘로 알고
일생을 살아갔다.

네가 본 건, 지붕 덮은
쇠항아리,
그걸 하늘로 알고
일생을 살아갔다.

닦아라, 사람들아

네 마음속 구름
찢어라, 사람들아,
네 머리 덮은 쇠항아리.

내가 그의 이름을 불러주기 전에는

우리나라 사람은 이름이 세 글자인 경우가 대부분입니다. 이 중에 한자는 성(姓)이고 나머지 두 자는 이름입니다. 이름 중 한 글자는 돌림자일 가능성이 높습니다. 성과 돌림자는 이미 정해져 있으므로 이름 짓기는 수만 자 중에서 한 글자를 골라내는 일입니다. 돌림자를 쓰지 않는다 해도 부모가 집어들 수 있는 글자는 두 자인 때가 많습니다. 수없이 많은 글자를 골랐다가 내려놓기를 반복한 끝에 부르기 쉽고 아름다운 의미를 담은 이름을 지어냅니다.

이처럼 이름은 갓난아기를 향한 부모의 사랑과 축복으로 채워집니다. 옛날에는 이름에 정신적인 가치를 담으려는 의식이 강했습니다. 조선 중기의 선비 윤선도는 아들들 이름에 인(仁), 의(義), 예(禮)를 차례대로 담아 윤인미, 윤의미, 윤예미라고 지었습니다. 그런가 하면 백인영, 백인웅, 백인호, 백인걸처럼 영웅호걸을 담은 이름도 있습니다.

이런 관습은 긍정적인 측면이 강합니다. 한국인은 이름처럼 살려고 노력하면 됩니다. 이름에 사용된 글자 하나하나가 가치 있는 의미를 담고 있기 때문입니다. 진실함[眞], 선함[善], 지혜로움[智], 사랑함[愛], 어짊[仁], 곧음[貞]이 그런 단어들입니다. 어떻게 살아야 하는지 고민된다면 여러분 이름에 담긴 의미를 되새겨보세요. 오랜 세월이 지나면 이름을 지어준 부모님께서 이 세상에 계시지 않는 날이 옵니다. 당신들은 이미 떠나셨지만 그분들이 우리에게 주었던 축복, 우리에게 품었던 바람은 고스란히 이름으로 남습니다.

하도 예전부터 불리던 이름이라 자기 이름에 어떤 의미가 담겨 있는지 깊이 생각해보지 않은 학생도 많은 듯합니다. 지금부터라도 그 의미를 올바르게 이해하고 이름에 어울리는 길을 걷고 있는지 되짚어보는 건 어떨까요? 이름처럼만 살아도 부끄럽지 않은 삶을 이룰 수 있습니다.

루스벨트

제가 중학생일 때 일입니다. 체구가 크고 몸이 무척 비대한 동기가 있었습니다. 비만 정도가 심해서 남들과 같은 속도로 움직이는 게 어려웠습니다. 그 친구는 체육 시간에 늘 마지막에 어슬렁어슬렁 계단을 내려오곤 했습니다. 친구들이 '날씬이'라고 별명을 지었습니다. 하도 뚱뚱하니까 반어적인 별명을 붙여준 것입니다. 그 친구는 체격만큼이나 마음이 넓어서 인기가 높았습니다. 그래서 누군가 그 친구에게 새로운 별명을 붙여주었습니다. '루스벨트(loose belt)'. 배가 많이 나와서 늘 헐거워진 허리띠를 하고 다니는 특징을 포착해서 미국의 32대 대통령 프랭클린 루스벨트(Franklin Delano Roosevelt, 1882~1945)에다 연결한 별칭입니다. 둘 다 외모를 빗대어 놀리듯 붙인 별명이지만 그 친구는 '루스벨트'를 훨씬 좋아했습니다.

옛사람들도 별명을 갖고 살았습니다. 이름은 부모님께서 지어주신 것이기 때문에 함부로 부르지 않아야 한다는 의식이 강했습니다. 그래서 이름 대신 사용하는 별칭을 붙였습니다. 이 별칭을 자호(字號)라고 합니다.

옛날에도 성인식을 했습니다. 이를 관례식이라고 불렀습니다. 관례식 때 이름을 대신하는 별칭을 지어주었는데 이를 자(字)라고 합니다. 자는 주로 스승이나 아버지의 친구 같은 어른이 지었습니다. 그래서 경전에서 의미를 가져오는 경우가 많았습니다. 자(字)가 대체로 근엄하고 교훈적인 의미를 지닌 것도 이 때문입니다.

호(號)는 남들이 지어주기도 했고 스스로 짓기도 했습니다. 호를 짓는 방법은 여러 가지였습니다. 가장 대표적인 것이 자기 고향이나 주거지의 지명을 이용하는 방법입니다. 조선 후기를 대표하는 서예가 이광사(1705~1777)는 한성부 북부 연희방에 살았습니다. 중앙여고가 있는 서대문구 북아현동 지역입니다. 연희방에 있는 금화산의 모양이 둥글고 아름다워서 둥그재[圓嶠 원교]라고 불렀는데 이를 빌려다 호로 삼았습니다. 여러분들이 잘 아는 퇴계(退溪), 율곡(栗谷), 연암(燕巖), 다산(茶山) 등이 모두 지명입니다. 이 밖에도 자기가 좋아하는 물건이나 지향하는 가치 등을 호로 삼았습니다.

권인은 태조 이성계와 태종 이방원이 여러 차례 불렀지만 관직을 맡지 않고 절의를 지키며 호를 송파(松坡)라고 했습니다. 고려의 수도였던 송도를 잊지 못한다는 뜻입니다. 안방준(1573~1654)은 포은(圃隱) 정몽주와 중봉(重峯) 조헌의 의로운 절개를 몹시 흠모했습니다. 그래서 두 분의 호에서 한 자씩을 취하여 은봉(隱峯)이라고 지었습니다. 김집(1574~1656)은 신독재(愼獨齋)라고 호를 지었습니다. 중국 채원정이 "홀로 행할 때에도 그림자에게 부끄럽지 않고, 홀로 잠잘 때에도 이불에 부끄럽지 않다"라고 한 말을 좋아해서 삼갈 신(愼), 홀로 독(獨)을 사용했습니다. 권창진(1579~1683)은 병자호란이 항복으로 끝난 후에 하늘을 보지 않고 세상일을 말하지 않겠다는 생각에서 벙어리와 장님을 의미하는 아맹(啞盲)이라고 호를 붙였습니다.

요즈음은 이름을 축약하거나 외모에 비중을 둔 별명이 많은 듯합니다. 이름이 김지선인 친구를 '김지'라고 부르거나 눈이 유난히 크다고 해서 '왕눈이'라고 부릅니다. 아름다운 의미를 담아 친구에게 호를 선물해주면 어떨까요? 두고두고 간직하는 귀한 선물일 듯 싶습니다.

광고와 백화점

광고는 상업성을 떠받치는 수단 중 하나입니다. 광고는 제품에 관한 올바른 정보를 제공하고 소비자들이 이를 바탕으로 합리적으로 선택하도록 돕는 순기능이 있습니다. 반면에 과장된 정보를 바탕으로 소비자를 현혹하는 역기능도 많습니다. 예컨대 양손 가득 물건을 사가지고 백화점을 나오면서 마냥 행복해하는 사람이 광고에 흔히 등장합니다. 하지만 그렇게 사는 사람은 무척 드뭅니다. 광고 속 젊은이들은 비싼 스포츠카를 몰고 해변으로 달려가 신나게 맥주 파티를 벌입니다. 그러나 우리 주변에는 학비를 마련하느라 시급 몇 천 원인 아르바이트에 짓눌린 젊은이가 무척 많습니다.

광고가 가장 위력을 발휘하는 곳이 TV입니다. 방송사는 시청률을 높여야 광고를 유치할 수 있고 광고비로 제작비를 충당할 수 있기 때문입니다. 그러다 보니 저급하거나 자극적인 TV 프로그램이 점점 증가하는 추세입니다. TV를 부정적으로 가리키는 말을 몇 가지 알려줄게요.

바보상자: TV를 많이 보면 사고력이 떨어지는 사람이 됨
제5의 벽: TV를 시청하는 동안 가족 간의 대화가 단절됨
전자 유모: 직장에서 돌아온 부모를 대신해서 아이를 돌봐주는 전자 제품
눈으로 씹는 껌: 아무 의미 없이 시간을 보내는 수단

TV 속 광고는 화면 전환이 빠릅니다. 한 가지 풍경에 고정되어 있는 광고가 없지는 않습니다. 하지만 화면이 경쾌하고 빠르게 바뀌는 광고가 훨씬 더 많습니다. 어려서부터 그런 광고에 길들여진 사람들은 참을성이 부족해진다고 합니다. 진득하게 앉아 있는 끈기를 기르지 못하기 때문입니다. 한 가지 일에 십오 분 이상을 집중하지 못하고 금방 싫증을 냅니다. 그래서 쿼터리즘(quarterism)이라는 말도 생겨났습니다.

백화점은 상업성이 집약된 공간입니다. 소비자가 그 안으로 들어오도록 유혹하고 일단 발을 들여놓으면 바깥세상을 잊고 소비에 몰두하도록 부추깁니다. 이런 효과를 극대화하기 위한

장치가 백화점 구조 속에 은밀하게 감춰져 있습니다. 우선 밖에서 바라보는 건물 외벽에 화려한 광고를 부착합니다. 반면에 안에서는 바깥을 볼 수 없도록 창문을 두지 않습니다. 백화점 안에 벽시계를 걸어놓지 않는 것도 외부와 차단하려는 의도 때문입니다. 백화점은 화장실을 지하층이나 이 층에 둡니다. 화장실에 오가는 동안 상품을 많이 보게 해야 하니까요. 에스컬레이터는 중앙에 둡니다. 그래야 그곳까지 가면서 물건을 하나라도 더 살 테니까요. 손님들이 가장 자주 찾는 물건은 식품 매장 출입문에서 가장 안쪽에 두었습니다. 그 물건을 사러 오가는 동안 다른 식료품을 구매하게끔 하려는 방법입니다.

상업성은 투입된 돈에 비해서 산출되는 돈이 훨씬 많아지게 하는 게 핵심입니다. 이것만 보장된다면 큰돈 들이는 것도 두려워하지 않습니다. 투자보다 이득이 훨씬 많으니까요. 그래서 돈을 물 쓰듯 들이붓는 경우도 많습니다. 그렇게 돈을 많이 주면서까지 끌어들이고 싶은 사람이 있습니다. 그에게 주는 돈이 아무리 많아도 투자보다 더 많은 이득을 벌어줄 거라고 여겨지는 사람, 혹은 그렇다고 검증된 사람을 '스타'라고 합니다.

스타와 광고, 백화점으로 대표되는 상업성의 유혹은 강렬하고 은밀할 뿐만 아니라 자극적입니다. 자칫하면 그앞에서 중심을 잃기 쉽습니다. 사람들은 자기가 소비 생활을 즐긴다고 오판

하기도 합니다. 사실은 소비하는 게 아니라 소비하도록 훈련받은 건 아닌지 되돌아보면 좋겠습니다.

눈은 눈, 이는 이

또 눈은 눈으로, 이는 이로 갚으라 하였다는 것을 너희가 들었으나 나는 너희에게 이르노니 악한 자를 대적하지 말라. 누구든지 네 오른편 뺨을 치거든 왼편도 돌려 대며 또는 송사하여 속옷을 가지려는 자에게 겉옷까지 가지게 하며 또 누구든지 너로 억지로 오 리를 가게 하거든 그 사람과 십 리를 동행하고 네게 구하는 자에게 주며 네게 꾸고자 하는 자에게 거절하지 말라.

—「마태복음」 5장 38~42절

'눈은 눈으로'라는 말은 모르는 사람이 없을 정도로 유명합니다. 그래서 글이나 드라마에서 자주 사용됩니다. 그럴 때마다 보복(의 정당성)을 강조하는 의미로 인용됩니다. 내가 받은 피해와 똑같은 방식으로 상대방에게 복수한다는 의미로 인용되곤 합니다.

이것은 본래 의미를 정반대로 뒤집은 오류입니다. 이 구절은 「출애굽기」에 나옵니다.

> 그러나 다른 해(害)가 있으면 갚되 생명은 생명으로, 눈은 눈으로, 이는 이로, 손은 손으로, 발은 발로, 데운 것은 데움으로, 상하게 한 것은 상함으로, 때린 것은 때림으로 갚을지니라.
>
> —「출애굽기」 21장 23~25절

'~지니라'는 '마땅히 그렇게 할 것이니라', '마땅히 그러할 것이니라' 같은 뜻의 종결 어미로 명령을 나타내기도 합니다. 때에 따라 할 수도 있고 하지 않을 수도 있다는 선택의 의미가 아닙니다. 영어 성경도 'must match'로 표현합니다. 이 구절은 앙갚음을 말하지 않습니다. 내가 가해자가 되었을 때 상대방에게 입힌 피해와 똑같은 방식으로 보상해야 한다는 의미입니다.

눈에 눈으로, 이에 이로. 내가 다른 사람에게 끼친 해를 그와 같은 방식으로 되갚는다는 의무감을 강조하는 말입니다. 내가 상대방의 밭을 망가뜨렸다면 그 밭에서 자라던 곡식(의 값)을 고스란히 보상하라는 뜻입니다. 눈에 눈으로, 이에 이로 갚는 사람들이 많아지면 좋겠습니다.

공부는 콩나물 기르기와 비슷합니다.

물을 주는 시간이 따로 정해진 것은 아닙니다.

생각날 때마다 주면 됩니다.

2장

배움의 자세

속도와 방향

우리는 시간 속에서 살아갑니다. 그래서일까요? '시간은 돈'이라는 말도 심심치 않게 들립니다. 시간이 돈이라는 생각은 무엇이든 빠른 시간에 이루기를 좋아하게 만들었습니다. 여기에 한국인 특유의 '빨리빨리'가 겹쳐지면서 무엇이든 단시간에 처리하려고 듭니다. 게다가 경쟁심까지 보태지면 그냥 빨라서만 되는 게 아니라 남들보다 더 빨라야 마음에 쏙 들지요.

인터넷 속도도 남들보다 빠른 걸 좋아합니다. 휴대폰도 속도가 빠른 걸 선호합니다. 자동차 광고를 보면 안전성이나 안락함보다는 속도를 내세우는 게 일반적입니다. 빠른 것은 좋은 것이고 최첨단이며 비싼 것이라는 생각, 아니 확신이 우리 사회를 가득 채웁니다. 이런 믿음이 모두 틀렸다고 할 수는 없겠지요.

그런데 속도도 중요하지만 방향도 그 못지않게 중요하지 않을까요? 남들보다 앞서가는 것보다 자기에게 잘 맞는 방향, 꼭 가야 할 방향으로 움직이는 게 더 중요합니다. 잘못된 방향으로 접어들었다면 속도를 높일수록 후회합니다. 간 만큼 되돌아와야 하니까요. 자기가 어느 쪽을 향해 설지 신중하게 선택하는 게 먼저입니다. 그 방향이 옳다는 확신이 들면 그때부터 속력을 내면 됩니다.

방향을 정할 때까지 시간이 많이 걸릴 겁니다. 그러다 보니 조급증 때문에 답답해지기도 합니다. 남들보다 너무 뒤처진다는 불안감이 엄습합니다. 하지만 지나치게 늦은 것이 아니라면 좀더 기다려도 됩니다. 방향을 정하려 노력하고 있다면 조금 늦는 건 크게 걱정하지 않아도 됩니다.

그렇다면 방향을 정할 때 무엇을 기준으로 삼을까요? 자신에게 몇 가지 질문을 하고 그 질문에 답변해보는 건 어떨까요? '내가 왜 이 방향으로 가야 하는가', '그 방향으로 가려는 내 마음은 얼마나 간절한가', '나는 그 방향으로 갈 수 있는가' 같은 질문에 답변을 마련해보세요. 이 세 질문에 모두 합당한 답을 할 수 있다면 그쪽을 삶의 방향으로 결정해도 좋겠지요.

이런 고민을 하지 않은 채 덜컥 방향을 정한 사람이 오히려 더 위험합니다. 그냥 멋있어 보여서, 혹은 왠지 나와 잘 어울릴 것 같아서. 이런 생각만으로 삶의 방향을 정하는 건 어리석습니다. 그렇게 정해진 방향으로 내달렸다간 두고두고 후회합니다. 그 길의 끝에서 막힌 골목을 만나기 쉽습니다. 거기서 멈추거나 간 만큼 되돌아와야 합니다.

어른들은 여러분들을 부러워합니다. 아직 정해진 게 없기 때문입니다. 여러분들의 미래는 모든 방향을 향해 열려 있습니다. 그 방향을 정하느라 혼란스럽고 힘들 거예요. 하지만 자기가 이미 어느 길에 들어섰고 그 길을 빠져나갈 수 없다고 상상해보세요. 차라리 그보다는 수많은 갈림길 앞에서 행복한 고민에 빠진 여러분이 더 낫지 않은가요. 더 신나지 않을까요.

병을 숨기다

화타와 편작은 뛰어난 의술로 이름을 남겼습니다. 화타는 『삼국지』에서 관우의 팔에 박힌 화살촉을 제거한 일로 유명합니다. 편작은 못 고친 병이 없었다고 전해집니다. 송강 정철은 「사미인곡」에서 상사병 앓는 심정을 "마음에 맺혀 있어 골수에 사무쳤으니 편작이 열이 오나 이 병을 어찌 하리"라고 표현했습니다. 상사병은 아무도 고칠 수 없음을 강조하려고 편작의 이름을 빌렸습니다. 『한비자』 「유로」에 편작에 관한 이야기가 나옵니다.

> 편작이 환공을 보고 피부에 병이 들었으니 지금 치료하지 않으면 심해질 것이라고 말하였다. 그러나 환공은 자신은 병이 없어 치료할 필요가 없다며 듣지 않았다.

열흘 뒤 편작은 다시 환공을 배알하여 이번에는 병이 살 속까지 퍼져서 서둘러 치료하지 않으면 더 심해질 것이라고 말하였다. 그러나 환공이 역시 이를 무시하였다. 다시 열흘 뒤 편작은 환공에게 병이 내장까지 미쳤으므로 빨리 치료하지 않으면 위험하다고 경고하였다. 하지만 환공은 그 충고에 귀를 기울이기는 커녕 화를 내며 무시하였다.

다시 열흘 뒤 환공을 찾아온 편작은 멀리서 바라보기만 하다가 돌아가버렸다. 환공이 사람을 보내 이유를 묻자 편작은 병이 이미 뼛속까지 스며들어 고칠 수 없기 때문에 그냥 돌아온 것이라고 말하였다. 그로부터 닷새 후 환공은 온몸에 고통을 느끼기 시작하였고 그때서야 서둘러 편작을 데려오라고 사람을 보냈다. 그러나 편작은 이미 떠난 뒤였다.

이 이야기에서 휘질기의(諱疾忌醫) 또는 호질기의(護疾忌醫)라는 말이 생겼습니다. 둘 모두 병을 숨기고 고치려고 하지 않아 결국 자기 몸을 망치듯이, 잘못이 있는데도 남의 충고를 듣지 않으려는 그릇된 태도를 비유하는 고사성어로 사용됩니다.

자기 잘못을 스스로 고치는 게 으뜸입니다. 다른 사람의 충고를 들어 잘못을 바로잡는 태도가 그다음입니다. 예컨대 스스로 금연하는 게 가장 좋습니다. 그렇지 못했다면 의사 선생님이나 친구의 충고를 듣고 금연하면 됩니다. 둘 중 어느 하나만이라도 실현한다면 땅을 치고 후회할 일은 없습니다. 편작도 어찌할 수 없는 상태에 이르러서는 아무리 좋은 의사와 의료기기도 소용이 없습니다.

금연만이 아닙니다. 학습이나 교우 관계도 마찬가지입니다. 스스로 좋은 습관을 기르면 금상첨화입니다. 그게 아니더라도 선생님이나 친구 말에 귀를 기울이면 됩니다. 그러면 학교생활이 그나마 즐겁습니다. 그런데 다른 사람의 조언에 아예 귀를 막은 사람도 보입니다. 좋은 약은 입에는 쓰지만 병에는 이롭습니다. 진심이 담긴 충고는 당장 듣기에는 거북해도 행실을 바로잡는 데는 명약입니다. 화타나 편작보다도 훨씬 낫습니다.

날마다 하는 일

옛날 여인들이 날마다 하는 일이 무엇이었을까요? 이런 질문을 하면 학생들은 "밥 짓기요", "바느질이요", "화장하기요", "빨래요" 등의 대답을 합니다. 그랬을 법하네요. 그런데 우리가 쉽게 짐작하지 못하는 일이 있습니다. 바로 비녀 꽂기입니다. 즉 비녀로 머리가 흐트러지지 않도록 단정하게 묶는 일입니다.

계집 여(女)에 아이에게 젖을 먹인다는 의미를 더한 것이 어미 모(母)입니다. 이 글자에 비녀 꽂은 모습을 보탠 것이 늘 매(每)입니다. 이 글자는 비녀 꽂기가 늘 하는 행위임을 나타냅니다. 옛사람들은 아침에 눈을 뜨면 제일 먼저 비녀를 꽂아 머리를 손질했습니다. 남성도 마찬가지였습니다. 큰 대(大)는 팔을 벌리고 선 남성을 나타냅니다. 여기에 비녀를 꽂은 모습을 그린 글자가 지아비 부(夫)입니다. 여성이든 남성이든 비녀를 꽂은 뒤에야 비로소 방 밖으로 나왔습니다. 그리고 하루 일을 마치고 잠자리에서 머리를 풀었습니다.

언제나를 의미하는 글자[每]에 마음 심(心)을 보탠 것이 회(悔)입니다. 이 글자는 비녀로 머리를 묶듯이 마음을 붙들어 매야 한다는 가르침을 담고 있습니다. 그러지 않으면 크게 뉘우칠 일이 생깁니다. 그래서 이 글자[悔]를 뉘우칠 회라고 합니다.

뉘우침은 나중에 옵니다. 뉘우침이 먼저 오는 법은 없지요. 그래서 후회(後悔)라는 말은 있어도 전회(前悔)라는 말은 없습니다. 고교생이 중학교 시절을 후회할 수는 있어도 대학 생활을 뉘우칠 수는 없습니다. 고교 생활을 뉘우치는 것은 졸업식날 교문을 나서면서부터 시작됩니다. 후회는 반드시 나중에 옵니다. 주머니가 빈 다음에야 낭비한 것을 후회합니다. 부모님께서 돌아가신 뒤에야 불효로 가슴을 칩니다.

후회할 일을 만들지 않으려면 마음을 단단히 붙들어 매야 합니다. 순간적인 욕심 앞에 굴복하거나 할 필요가 없는 일에 시간을 날려버리는 어리석음과 맞서야 합니다. '마음 붙들어 매기'는 특정한 순간이나 특별한 날에만 하는 게 아닙니다. 살아가는 동안 언제나 마음을 붙들어 매지 않으면 크게 뉘우칩니다. 날마다 비녀를 꽂아 머리를 단정하게 하듯이 마음에 비녀를 꽂아야 합니다. 옛사람들이 남겨준 가르침입니다.

선택

마음을 붙들어 매면 좋은 줄은 알겠는데 그렇게 하기가 쉽지 않지요? 너무 많은 욕망이 우리를 붙잡고 늘어지니까요. 먹고 싶고, 자고 싶고, 놀고 싶고, 멋 부리고 싶고, 쇼핑하고 싶고, 맛집을 방문하고 싶고, 블로그를 둘러보고 싶고, 게임을 실컷 즐기고 싶기도 합니다. 이런 욕망에 일일이 굴복하면 안 된다는 사실쯤은 누구나 압니다. 어떻게든 떨쳐내고 싶은데 쉽지 않습니다. 여러 가지 선택지 앞에서 갈등할 때 어떻게 하는 게 좋을까요? 몇 가지 쉬운 방법을 일러줄게요.

먼저 A와 B 중에 나중에 후회하지 않을 선택이 무엇일지 생각해보세요. 두 선택지가 똑같은 힘으로 우리를 유혹하면 어느 하나도 포기하기 힘듭니다. 하지만 어떤 선택을 했을 때 훗날 행복해질지 고민하면 쉽게 결정할 수 있을 거예요. 만일 예전에 똑같은 고민을 하다가 A를 선택했는데 나중에 후회했다면 이번엔 B를 선택하는 게 현명합니다.

둘째로 A와 B 중에 부모님께서 기뻐하실 선택이 무엇일지 생각해보세요. 부모님은 우리를 위하는 순수한 마음을 간직한 분들입니다. 당신들의 편안함보다는 자식의 안락함이 우선입니다. 부모님은 자식을 위해서라면 불구덩이에도 주저하지 않고 뛰어듭니다. 엄마는 지진으로 무너진 건물 안에서 아이를 안고 여러 날 버팁니다. 부모는 오직 자식 생각뿐입니다. 그분들이 기뻐할 선택이 곧 우리를 행복하게 합니다.

다음으로 마음의 항상성을 따져야 합니다. 어떤 행동을 선택하려는 마음이 과거에도 그랬는지 아니면 오늘 갑자기 일시적으로 생긴 것인지를 들여다보세요. 예를 들어 시험을 앞두고 실컷 놀고 싶다면 어떤 선택을 해야 할까요? 여러분은 늘 놀고 싶은 건가요, 아니면 오늘따라 놀고 싶은 마음이 유난히 심해진 건가요? 스스로에게 질문해보세요. 결정이 어렵지 않을 거라고 짐작합니다.

마지막으로 어떤 선택이 나를 더 빛나게 할지 판단해보세요. 친구와 나 중에 누가 쓰레기를 버릴지 어떻게 결정할까요? 금방 생각해낼 수 있는 방법이 가위바위보이겠지요. 이 방법은 참 공평하고 합리적이기까지 합니다. 이런 경우 여러분이 자청하면 어떨까요? 쓰레기통을 들고 오가는 게 조금 귀찮지만 가위바위보보다는 훨씬 낫지 않나요? 가위바위보로 결정한다고 해보세요. 여러분이 쓰레기를 버릴 확률이 무려 오십 퍼센트나 됩니다. 내가 갈 테니까 너는 쉬라고 권유하는 행동이 훨씬 멋지지 않을까요? 멋진 친구가 되는 방법, 참 쉽습니다.

중독

중독의 사전적 의미는 '술이나 마약 따위를 지나치게 복용한 결과, 그것 없이는 견디지 못하는 병적 상태'입니다. 이런 뜻풀이에서 두 가지를 집어낼 수 있습니다. 하나는 금단(禁斷) 현상입니다. 중독된 사람에게 그것을 금지하면 일상생활이 불가능해집니다. 머릿속에 온통 그 생각뿐이기 때문입니다. 중독된 대상 외에는 조금도 마음을 붙이지 못합니다. 주변 사람들이 아무리 말려도 소용없습니다. 컴퓨터 게임에 중독된 부모는 갓난아기를 돌보지 않아 질식사시키거나 심지어 굶어죽게도 합니다. 술에 중독된 사람은 죽을 때까지 마셔보겠다며 며칠 동안 술만 마시다가 목숨을 잃기까지 합니다.

중독의 두 번째 특징은 내성(耐性)입니다. 내성은 어떤 행동을 반복함으로써 그 행동을 견딜 수 있게 된 특성입니다. 알코

올 중독자라고 해서 처음부터 술을 무한정 마시는 건 아닙니다. 처음엔 다른 사람들과 마찬가지로 몇 잔만 마셔도 얼굴이 벌게지거나 토합니다. 그러던 사람이 차츰차츰 술에 익숙해지고 마침내 술이라면 얼마든지 견딜 수 있는 상태로 변합니다. 알코올 중독자는 온종일 마시고 술에 취해 잠듭니다. 그리고 잠에서 깨면 또 술을 찾습니다.

모든 중독은 금단 현상과 내성을 동반합니다. 컴퓨터 게임도 마찬가지입니다. 그리고 중독은 종종 죽음으로 이어집니다. 2010년에 이런 뉴스가 보도되었습니다.

> 용산구의 모 PC방에서 고객이 화장실로 가던 중 쓰러진 것을 종업원이 발견해 119 구급대에 신고했다. 119 구급대 요원들이 그를 병원으로 데려가 응급조치를 했으나 결국 숨졌다. 경찰은 이 고객이 설 연휴를 포함해 지난 12일부터 닷새 동안 PC방에서 식사를 자주 거른 채 온라인 게임만 했다는 주변 사람들의 진술을 토대로 정확한 사망 원인을 조사하고 있다.

어느 한 가지에 몰입하는 행동 자체가 나쁘지만은 않습니다. 하지만 그 대상이 중요합니다. 옛사람들은 어떤 일에 몰입하여 고질병처럼 굳어진 것을 벽(癖)이라고 불렀습니다. 벽은 의학적으로 오른쪽 갈비뼈 아래 비장에 나쁜 기운이 쌓여 있는 상태를 말합니다. 이곳을 치료하려면 심장을 건드려야 하기 때문에 손쓸 방법이 없습니다. 이로부터 벽은 낭비벽, 도벽, 방랑벽처럼 무엇을 좋아하고 집착하는 정도가 너무 지나쳐 이성적으로 억제할 수 없는 병적인 상태를 가리키게 되었습니다. 우리가 기억하는 과학자, 예술가 중에는 벽에 걸린 사람이 많았습니다.

그러나 컴퓨터 게임 중독을 벽에 걸렸다고 장려할 수는 없습니다. 바람직하지 않은 대상에 빠졌기 때문입니다. 컴퓨터 게임이나 인터넷 때문에 잠을 설치고 가족이나 친구들과 멀어지며 일상적인 학교생활이 어려워지면 안 되겠지요. 최근에는 법원이 게임 중독을 둘러싼 다툼으로 결혼이 파탄에 이른 부부의 이혼 소송을 받아들이기도 했습니다. 이런 일은 앞으로 더 많아질 게 분명합니다. 더 빠져들기 전에 스스로 노력하면서 전문가의 도움을 받아 중독 상태에서 벗어나야 합니다. 『이솝 우화』에 실린 다음 이야기는 인류가 중독을 조심하라고 얼마나 오래 전부터 경고했는지를 잘 보여줍니다.

> 족제비가 대장간에 들어가 쇠줄을 핥았다. 혀가 문질러지면서 혀에서 피가 줄줄 흘러내렸다. 족제비는 쇠줄에서 뭐가 나오는 줄 알고 좋아했다. 족제비는 결국 혀를 완전히 잃었다.

나무에 조각하기

재여가 낮에 낮잠을 자니 공자께서 말씀하셨다. "썩은 나무에는 조각을 할 수 없으며, 거름흙으로 만든 담장은 흙손질을 할 수 없으니 재여에게 무엇을 꾸짖을 것이냐?"

宰予晝寢 子曰 朽木不可雕也 糞土之牆不可杇也 於予與何誅
(재여주침 자왈 후목불가조야 분토지장불가오야 어여여하주)

『논어』「공야장」에 나오는 내용입니다. 중국인들은 낮잠을 많이 즐기는 편입니다. 그러니 단지 낮잠을 잤다고 이토록 심하게 꾸짖은 것은 아닐 듯합니다. 아마도 자면 안 되는 시간에 잔 때문이 아닐까 싶습니다.

『논어』를 읽다보면 재여에게 실망하는 공자의 모습이 여기저기 나타납니다. 공자가 보기에 재여는 가르쳐서 나아질 제자가 아니었습니다. 그래서 위와 같은 비유로 재여를 꾸짖었습니다. 나무에 조각을 하려면 나무의 조직이 단단해야 합니다. 그래야 조각하는 사람이 원하는 대로 모양이 새겨집니다. 썩은 나무는 조각이 불가능합니다. 조금만 칼날을 대도 나무가 사정없이 부서집니다. 이러니 원하는 모양으로 조각하기란 애당초 틀린 일입니다.

벽돌로 쌓은 담장은 잘 무너지지 않습니다. 설령 무너진다고 해도 손질하기 쉽습니다. 똑같은 형태의 벽돌을 제자리에 끼워 넣으면 원래 모습으로 되돌아옵니다. 반면에 거름흙으로 만든 담장은 무너져도 손질이 불가능합니다. 거름흙은 부슬부슬해서 일정한 형태로 만들 수 없습니다. 다 들어내고 다시 쌓지 않는 한 원래 모습으로 되돌리지 못합니다.

썩은 나무와 거름흙으로 만든 담장은 의지가 약하고 게으른 제자를 의미합니다. 이런 제자는 가르치는 게 불가능합니다. 썩은 나무와 거름흙 담장 이야기는 학생의 마음가짐은 살피지 않은 채 내 수업만 들으면 점수가 올라간다고 강조하는 거짓 스승들이 꼭 기억해야 할 내용입니다. 앞서 소개한 내용 바로 뒤에 이런 문장이 이어집니다.

공자께서 말씀하셨다. "처음에 나는 다른 사람에 대하여, 그의 말을 듣고 그의 행실을 믿었다. 그러나 이제 다른 사람에 대하여, 그의 말을 듣고 그의 행실을 살피게 되었다. 재여로 인해 이 생각을 고치게 되었다."

子曰 始吳於人也 聽其言而信其行 (자왈 시오어인야 청기언이신기행)
今吳於人也 聽其言而觀其行 (금오어인야 청기언이관가행)
於予與改是 (어여여개시)

재여는 공자의 제자 중에서도 손꼽히는 인물입니다. 그는 관료적 자질이 뛰어난 인물로 묘사되고 있으며 말솜씨가 빼어난 제자로 전해집니다. 하지만 말만 번지르르할 뿐 행동으로 보여주지 못했습니다. 그래서 공자는 그를 만나고 나서 생각이 바뀌었습니다. 예전에 공자는 다른 사람이 어떤 말을 하면 그가 그 말처럼 살아가는 사람이라고 믿었습니다. 재여를 만난 후로 공자는 누가 어떤 말을 하면 그 말을 무턱대고 믿는 대신 그가 어떤 행실을 보이는지 살피게 되었습니다. 재여 덕에 이렇게 바뀐 것입니다.

수업이 시작되기 전에, 학원에 등록하기 전에, 자기가 썩은 나무는 아닌지 되돌아보아야 합니다. 나태함과 게으름을 몰아내야 공부가 시작됩니다. 다음으로 자신이 한 말을 얼마만큼 실천했는지 돌이켜보아야겠습니다. 부모님이나 선생님, 친구들에게 여러 가지 말을 해놓고 지키지 못한 건 아닌지 반성하면 좋겠습니다.

돋보기와 종이

자신이 가치 있다고 여기는 일에 몰입하는 삶을 좀더 이야기 해보겠습니다. 이해를 돕기 위해 두 가지 질문을 해볼게요.

섭씨 삼십이 도쯤 되는 날 운동장 한복판에 신문지를 펼친다고 가정해볼까요. 그 종이가 어떻게 될까요. 아마 바깥 온도의 영향을 받아 제법 따뜻해질 겁니다.

섭씨 이십팔 도쯤 되는 날 운동장 한복판에 신문지를 펼칩니다. 그리고 이번에는 돋보기로 햇볕을 모아 신문지 위의 한 지점을 오랫동안 비춘다고 가정해볼까요. 그 종이가 어떻게 될까요? 처음엔 아무렇지도 않다가 시간이 지나면서 연기가 나기 시작할 테고 이내 종이에 불이 붙겠지요.

비록 외부 온도는 더 낮더라도 햇볕을 한 곳으로 모으면 열기가 더 뜨겁습니다. 햇볕만이 아닙니다. 사람도 마찬가지입니다.

예컨대 얇은 송판을 깨트리는 격파는 신체의 여러 부위를 사용해 동시에 할 수 있습니다. 즉 발과 주먹을 사용하여 동시에 서로 다른 송판을 깨트리는 게 가능합니다. 두꺼운 얼음장이나 겹겹이 쌓은 벽돌을 깨트릴 때는 이와 다릅니다. 손이면 손, 발이면 발 어느 하나에 힘을 집중합니다. 그러지 않고서는 자기 힘을 모두 발휘하지 못하기 때문입니다.

인류 역사에 위대한 흔적을 남긴 사람들은 대부분 어느 한 가지 분야에 몰입했습니다. 또한 그들은 대부분 스무 살이 되기 전에 자기 삶의 방향을 정했습니다. 아주 어렸을 때부터 특정한 분야에 천재성을 발휘한 사람은 드뭅니다. 대부분은 청소년기를 거치면서 한 가지에 몰입하기로 결심하고 그 방향으로 묵묵히 발걸음을 옮겼습니다. 그런 사람이 후손에게 칭송받습니다.

사람은 두 개의 의자에 동시에 앉을 수 없으며 양끝이 뾰족한 바늘로는 바느질할 수 없습니다. 우리가 양쪽 눈으로 서로 다른 방향을 보는 것은 불가능합니다. 두 눈이 다른 곳을 보지 않고 한 방향으로 향하기 때문에 사물이 눈에 들어오는 것이지요. 머릿속으로 두 가지 문제를 동시에 생각하면 어느 한 가지도 정리할 수 없습니다.

청소년기는 더없이 소중합니다. 지금 여러분이 바라보는 방향이 여러분 삶의 영역이 될 것이기 때문입니다. 동쪽을 향해

서면 동쪽으로 갈 테고, 서쪽을 바라보면 그쪽으로 발걸음을 옮기게 될 것입니다. 그 방향이 진정으로 가치 있다고 믿는다면 몹시 힘들고 지치더라도 묵묵히 걸어가기를 권합니다. 여기저기 기웃거리지 않았으면 좋겠습니다.

노 젓기와 콩나물 기르기

인류는 옛날부터 지금까지 공부를 했고 앞으로도 계속 해나갈 것입니다. 그런데도 공부와 친숙해지지 않은 사람들이 많습니다. 대부분은 마지못해서 공부를 합니다. 마음이 내키지 않지만 공부할 수밖에 없기 때문에 공부는 아주 징글징글한 노동이 되고 말았습니다.

공부가 왜 그처럼 지겨운 일이 되었을까요? 여러 가지 원인이 있을 것입니다. 그중 하나는 공부의 본질적 특성 때문이라고 생각합니다. 공부는 열심히 해도 좀처럼 나아지지 않는 듯합니다. 언제쯤 만족할 만한 성과를 얻을지 막막합니다. 그래서 옛사람들은 공부에 관한 몇 가지 비유를 남겨두었습니다.

공부는 노 젓기와 같습니다. 노를 저으면 원하는 방향으로 갈 수 있습니다. 노를 젓지 않으면 물결 따라 아래로 떠내려가겠지요. 물은 쉬지 않고 흘러갑니다. 공부도 그렇지 않은가요? 며칠 만 손을 놓아도 이내 뒤처지고 맙니다. 이런 점에서 공부는 노 젓기와 참 닮았습니다.

공부는 콩나물 기르기와도 비슷합니다. 콩나물을 기르려면 그릇을 준비해야 합니다. 콩이 빠져나가지 않을 정도 크기의 구멍이 여기저기 뚫린 그릇이 좋습니다. 콩을 넣고 그릇을 검은 천으로 덮은 다음 물을 줍니다. 물을 주는 시간이 따로 정해진 것은 아닙니다. 생각날 때마다 주면 됩니다. 다른 일 때문에 그릇 옆을 지날 때 일없이 그냥 물을 주면 됩니다. 아니, 주는 게 더 좋습니다.

물을 너무 많이 주어서 콩이 썩을까봐 걱정하지 않아도 됩니다. 콩과 콩 사이에는 틈이 있고 그릇 바닥에는 구멍이 많아서 물은 주자마자 아래로 흘러내립니다. 물을 주자마자 모두 아래로 빠지기 때문에 언제 콩나물이 자랄까 싶습니다. 여러 날 물을 주어도 콩나물이 생겨나지 않습니다. 여기서 물 주기를 포기하면 콩나물 기르기는 실패합니다. '내가 하는 일은 물 주기뿐'이라는 생각을 가져야 합니다. 물을 주고 또 주고 또 주어야 합니다. 그러기를 여러 날, 마침내 콩에서 싹이 자라기 시작합니다.

공부는 콩나물 기르기를 닮았습니다. 저는 해마다 콩나물 기르기를 시작하는 학생들을 봅니다. 새 학년이 되면 작년보다 열심히 공부하겠다고 결심하는 학생들이 많습니다. 그들은 예전과 다르게 열심히 공부합니다. 하지만 어지간히 공부해서는 성적이 나아지지 않습니다. 남들도 열심히 하기 때문입니다. 성적이 오르지 않는 데 지친 나머지 공부를 중단합니다. 콩나물에 물 주기를 중단하듯이 말이에요. 공부와 친해지고 싶다면 노 젓는 사람이나 콩나물 기르는 사람이 되어야 합니다. 노 젓는 사람은 쉬지 않고, 콩나물 기르는 사람은 포기하지 않습니다.

모르던 사실을 알게 되는 즐거움이 공부의 토대입니다. 미완성인 상태에서 완성된 상태로 발전하면 공부하는 보람을 느낍니다. 영국의 시인이자 비평가였던 매슈 아널드는 이런 말을 남겼습니다.

"모든 미완성을 괴롭게 여기지 마라. 미완성에서 완성에 도달하려는 노력이 필요하기 때문에 신(神)이 일부러 인간에게 수많은 미완성을 내려주신 것이다."

천재와 바보

주변에서 머리가 아주 뛰어난 친구를 본 적이 있지요? 수업 시간에 별로 집중하지도 않고 아득바득 공부하지도 않는데 성적은 늘 최상위권인 학생 말이에요. 그들은 한 번 본 것도 금방 이해하고 오래 기억합니다. 수학 선생님이 푸는 데 쩔쩔맨 문제를 푸는가 하면, 영어 선생님이 제시한 어려운 단어를 막힘없이 알아맞힙니다. 어떤 사람은 교과서를 한 번 보면 책 내용이 마치 사진을 찍듯 머릿속에 저장된다고도 하지요. 이들은 어릴 때부터 줄곧 수석을 하고 자신의 상대가 될 만한 사람을 만나는 일이 매우 드뭅니다. 이들은 마치 태어나면서부터 모든 것을 알고 있었던 사람[生而知之者 생이지지자]으로 보입니다. 이런 친구들 정말 부럽습니다.

이들만큼은 아니지만 공부하는 데 불편하지 않을 만큼 두뇌가 뛰어난 친구들이 있습니다. 그들은 선생님께서 한 가지를 설명하면 열 가지는 아니더라도 네댓 가지는 이해합니다. 다른 사람은 여러 시간 끙끙거려도 이해하지 못하는데 이들은 한 시간 만에 환하게 깨칩니다. 책상에 앉아 있는 시간은 남들과 비슷한데 성적이 매우 뛰어납니다. 태어나면서부터 아는 정도는 아니더라도 배우는 족족 이해하는 능력을 지녔으므로[學而知之者 학이지지자] 여럿 가운데에서 늘 우뚝합니다. 그뿐만 아니라 한 번 배운 내용을 다른 단원과 연결지어 이해하거나 암기하는 능력도 탁월합니다. 늘 상위권 성적을 유지하는 이들 역시 부럽습니다.

위에서 말한 것 같은 친구는 많지 않습니다. 우리들 대부분은 자신이 무엇을 모른다는 사실이 부끄럽기 때문에, 혹은 지금 공부하지 않으면 두고두고 후회할 테니까 공부에 매달립니다. 그런데 평범한 두뇌를 갖고 있기에 한 번 들어서는 이해하지 못하는 게 수두룩하고 무엇 하나라도 완전하게 소화하려면 보고 또 보아야 합니다. 그래야 겨우 조금 알 것 같은 기분이 듭니다. 우리 주변에는 대체로 이런 사람들이 많습니다. 이들은 고생고생해서 하나씩 배워나가고 그 과정에서 기쁨을 느낍니다. 때로 그 기쁨에 매료되어 여러 시간 붙박이로 공부에 전념합니다. 지금은 곤궁한 처지에 있지만 배움에 힘쓰고 마침내 새로운 지식을 쌓는 즐거움에 익숙해집니다[困而學之者 곤이학지자].

반면에 어떤 사람들은 유난히 두뇌 회전이 느립니다. 남들은 십 분이면 아는 내용을 자신은 몇 시간씩 매달려야 겨우 이해합니다. 그러다 보니 남들과 의사소통하는 데 어려움을 겪고 어떤 임무를 맡아도 자신감이 떨어지니 자꾸만 회피하게 됩니다. 이렇게 곤궁해진 경험을 했다면 여기에서 벗어나기 위해서라도 공부를 해야 합니다. 그런데 곤란한 처지에 있으면서도 배우려 하지 않는 사람[困而不學 곤이불학]도 있습니다. 배우는 대신 포기하고 비켜서려고 합니다. 이처럼 곤란한 처지에 있으면서도 배우지 않으면 상황이 점점 더 나빠집니다.

> 공자께서 말씀하셨다. "태어나면서 아는 이는 최상이고, 배워서 아는 이는 다음이요, 곤란을 당해 배우는 이는 또 그 다음이다. 곤란을 당했는데도 배우지 않으면 최하의 사람이다."
>
> 孔子曰 生而知之者上也 (공자왈 생이지지자상야)
> 學而知之者次也 困而學之又其次也 (학이지지자차야 곤이학지우기차야)
> 困而不學 民斯爲下矣 (곤이불학 민사위하의)

『논어』「계씨」에 실린 문장입니다. 공자는 사람을 배우는 자세에 따라 네 등급으로 나누었습니다. 그런데 이 글의 핵심은 최상 등급인 생이지지(生而知之)가 아니라 마지막 등급인 곤이불학(困而不學)에 놓여 있습니다. 곤란을 당했는데도 배우지 않으려는 사람을 격려하려는 게 이 글의 목적입니다.

다산 정약용은 공자가 분류한 이 네 가지가 기질의 문제가 아니라고 보았습니다. 다산은 "학지(學知)도 배우지 않으면 곤(困)하게 될 것이고, 곤학(困學)도 배우면 곤(困)이 되지 않을 것이니, 문제는 곤하면서도 배우지 않는 데 있는 것이다. 가령 기질이 본래 나빠서 배우지 못한다면 그게 무슨 죄가 되겠는가?"라고 말했습니다.

앞서 인용한 문장을 다시 살펴볼까요. 생이(生而)와 학이(學而)와 곤이(困而)는 나중에 가서 모두 지지(知之)나 학지(學知)의 상태가 됩니다. 즉 앎[知]의 경지에 다다르게 됩니다. 자기가 곤이불학하는 상태가 아니라면 나중에 가서는 천부적으로 머리가 좋은 사람과 같아집니다. 이런 믿음으로 날마다 학업에 몰두하는 게 우리가 할 일입니다.

율곡 이이에 대해 가장 널리 알려진 사실은 그가 과거시험에서 무려 아홉 번이나 장원급제했다는 점입니다. 구체적으로는 진사시 초시·복시·한성시, 별시 초시·복시, 생원시 초시, 식년문과 초시·복시·전시입니다. 모두 아홉 번 급제했기 때문에 그는 '구도장원공(九度壯元公)'으로 불렸습니다. 남들은 한 번도 힘들다는 수석을 밥 먹듯이 한 것입니다. 율곡은 '마음 다스리기'를 가장 중시했습니다. 그는 입지(立志)를 공부의 시작으로 보았습니다. 즉 공부하겠다는 뜻을 세우는 데서 공부가 시작된다고 강조했습니다. 『격몽요결』에서 그는 "처음 배움에는 모름지기 입지를 먼저하고, 반드시 성인이 되기를 스스로 기약해야 된다"라고 역설했습니다.

학습 계획표를 세우거나 어느 학원에 등록할까를 결정하는 건 급하지 않습니다. 율곡은 뜻을 세우지 못하는 원인을 세 가지 들었습니다. 먼저 선현(先賢)들이 남긴 말을 믿지 못하는 불신(不信)입니다. 성현들은 공부하는 순서와 방법을 기록으로 남겼습니다. 그 방법대로 나아가면 점점 발전할 게 분명합니다. 그런데 그것을 믿지 못하니까 자기 뜻을 세우지 못하고 맙니다.

다음으로 부지(不智)를 말했습니다. 타고나는 재능은 사람마다 다릅니다. 하지만 힘써 공부하면 결국에는 같아집니다. 그런데 부지한 사람은 자기가 아둔하게 태어났다고 믿습니다. 그런 탓에 뒷걸음질을 편안하다고 여기면서 한 걸음도 앞으로 나아가지 않습니다.

마지막으로 불용(不勇)을 지적했습니다. 학문에 정진하면 지금과 확연하게 다른 사람이 됩니다. 그런데 현재의 나태한 모습에 머물러 있는 사람이 많습니다. 이들은 현재까지 유지한 생활 습관과 사고방식이 잘못된 것임을 알면서도 차일피일 미루면서 고치지 않습니다. 이처럼 우물쭈물하며 한 걸음 앞으로 나아가면 두세 걸음 후퇴하는 태도가 불용입니다.

누구나 올바른 순서에 따라 공부에 전념하면 나아집니다. 비록 지능이 낮아도 노력에 따라 얼마든지 발전합니다. 이제까지의 잘못된 생활 습관과 마음가짐을 고치면 예전과 전혀 다른 모습으로 바뀝니다. 이런 믿음을 바탕으로 뜻을 세우면 그때부터 공부가 시작됩니다.

공부하겠다는 의지를 품으면[立志 입지] 마음을 바르게 하는 정심(正心)으로 이어집니다. 사람들은 어두움의 병과 어지러움의 병 때문에 이 '바름'을 잃습니다. 어두움의 병은 두 가지입니다. 하나는 궁리를 못하여 사리에 어두운 지혼(智昏)입니다. 또 하나는 게으르고 제멋대로 행동하여 늘 잠잘 생각만 하는 기혼(氣昏)입니다. 어지러운 병도 두 가지입니다. 하나는 외물에 유혹되어 헛된 욕망에 사로잡히는 잘못입니다. 다른 하나는 어지럽고 어수선한 잡생각이 끊이지 않는 폐단입니다.

사람은 누구나 놀고 싶고 먹고 싶고 자고 싶습니다. 제멋대로 살고 싶은 욕심을 다스리고 자꾸 생겨나는 잡념을 몰아내야 합니다. 율곡의 조언을 더 소개합니다.

학문은 특별히 이상하거나 별다른 것이 아니다. 그것은 단지 관계를 맺고 일상생활을 해나가는 사이에 사안에 따라 각각 합리적인 방도를 찾는 행위일 뿐이다. 그런데 요즘 사람들은 학문이 일상생활에 있다는 사실을 모르는 채 특별한 사람의 일로 미루어버리고는 자신은 편안하게 자포자기해 버리니 어찌 슬프다 아니할 수 있겠는가.

계정혜(戒定慧)

한때 인터넷으로 바둑을 즐긴 적이 있습니다. 제 닉네임은 '계정혜(戒定慧)'였습니다. 가입하자마자 여기저기서 대국 요청이 들어왔는데 한참이 지나서야 제게 유난히 대국 요청이 많았던 이유를 알았습니다. 사람들이 저를 두고 계씨 성을 가진 여자일 거라고 추측한 겁니다. 바둑을 즐기는 여성이 흔하지 않으니 호기심에 대국을 신청하는 남성들이 많았던 것이지요. 그분들의 기대와 달리 중년의 아저씨인 제가 계정혜를 닉네임으로 삼은 건 당시 불교 서적을 읽으며 영감을 받았기 때문입니다. 불교에서는 계정혜를 삼학(三學)이라고 부르는데, 공부할 때 꼭 필요한 세 가지 자세를 가리킵니다.

계(戒)는 계율을 지켜 실천하는 것입니다. 공부하는 사람들은 어기지 말아야 할 금지의 계율과 꼭 지켜야 할 실천의 계율이 필요합니다. 이 두 가지 계율을 얼마나 잘 지키느냐가 공부의 성패를 결정짓습니다.

정(定)은 어지럽게 흩어지는 마음을 한곳에 모아 고요한 경지에 머물러 있는 상태입니다. 즉 잡념을 끊어버림으로써 마음이 정지되어 흐트러짐이 없는 경지입니다. 좁은 의미로는 선정(禪定)을 가리킵니다. 이런 상태는 불교만이 아니라 유학에서도 매우 강조했습니다. 『대학』에는 "그칠 곳을 안 뒤에 정(定)함이 있고 정해진 후라야 고요할 수 있으며 고요한 뒤에 편안할 수 있으며 편안한 후에 생각할 수 있고 생각한 후에라야 얻을 수 있다"라는 문장이 나옵니다.

혜(慧)는 무엇에 홀려 정신을 차리지 못하는 데서 벗어나 진리를 주시하는 상태입니다. 인과응보의 진리를 깨닫고 인간 세상의 시비이해를 바르게 판단하는 지혜를 말합니다. 저는 이것을 참된 지혜를 깨닫기 위해 노력한다는 의미로 받아들였습니다. 단순히 외우려 하기보다 뿌리까지 캐고 들어가 이치를 깨달으려는 태도로 말이에요.

성철 스님(1912~1993)은 계정혜를 평생 실천한 분으로 숭앙받습니다. 스님은 파계사(把溪寺)에서 팔 년 동안이나 눕지 않으면서 불도를 닦았습니다. 성철 스님이 스물다섯 살 되던 해 원효암에서 수행할 때 자신을 다잡으려고 지었다는 십이명(銘)은 계정혜를 공부 방법으로 삼는 분들의 진면목을 그대로 보여줍니다.

아녀자에게 눈길도 주지 마라
속세의 헛된 이야기에는 귀도 기울이지 않으리라
돈이나 재물에는 손도 대지 않으리라
좋은 옷에는 닿지도 않으리라
신도의 시줏물에는 몸도 가까이 않으리라
비구니 절에는 그림자도 지나가지 않으리라
냄새 독한 채소는 냄새도 맡지 않으리라
고기를 이빨로 씹지 않으리라
시시비비에는 마음도 사로잡히지 않으리라
좋고 나쁜 기회에 따라 마음을 바꾸지 않으리라
절을 하는 데는 여자 아이라도 가리지 않으리라
다른 이의 허물은 농담도 않으리라

하기야 이 규율 자체가 위대한 것은 아닙니다. 누구든지 남들에게 썩 멋있어 보이는 글을 지을 수는 있습니다. 문제는 그것을 지키느냐 하는 점입니다. 성철 스님은 스스로 세운 규칙을 철저하게 지키면서 공부에 몰입했습니다. 그 결과 동서양 사상은 물론이고 자연과학 법칙까지 꿰뚫는 지식을 갖추었다고 전해집니다. 훗날 성철 스님은 이런 말씀을 남겼습니다.

> 공부하는 사람은 세상에서 아무 쓸 곳이 없는 대낙오자가 되지 않으면 안 된다. 오직 영원을 위하여 모든 것을 다 희생해버리고, 세상을 아주 등진 사람이 되어야 한다. 누구에게나 버림받은 사람, 어느 곳에서나 멸시당하는 사람, 살아나가는 길이란 공부길밖에 없는 사람이 되어야 한다.

계정혜(戒定慧)를 여러분에게 맞추어 정리해보겠습니다. 교칙을 잘 지키고, 쓸데없는 데 대한 관심을 줄이고, 근본을 파고드는 공부를 해야 한다는 뜻입니다. 저는 요즈음은 바둑을 전혀 즐기지 않습니다. 계정혜란 아이디는 사라졌지만 그 의미는 남았습니다.

야구선수와 변호사

세상에 어려운 일이 한두 가지가 아닙니다. 어른들은 금연이나 체중 감량이 어렵다고 하지요. 그런데 제 주변엔 금연에 성공한 사람이 한둘이 아닙니다. 금연은 쉬운 일일 수도 있습니다. 다른 사람과 경쟁하는 게 아니라 혼자 실천하면 되기 때문입니다. 공부는 금연이나 체중 감량보다 훨씬 어렵습니다. 내가 아무리 열심히 해도 남들이 나보다 지독하게 공부하면 결과가 만족스럽지 않습니다. 남들보다 공부를 늦게 시작한 사람일수록 성과를 내기는커녕 보통 수준에라도 이르는 게 여간 힘들지 않습니다.

공부라면 지독한 열등생이었는데 남들보다 우뚝해진 사람도 많습니다. 이종훈 씨는 고등학교 이학년 때까지 야구선수로 지내다가 자기가 야구에 소질이 없다는 것을 알고 스스로 그만

두었습니다. 야구밖에 몰랐던 그는 공부 실력이 중학생만도 못했습니다. 오죽하면 '대디'가 아빠라는 건 알았지만 'daddy'라는 스펠링은 몰랐습니다. 'I love you'도 들으면 알았지만 눈으로 봐서는 무슨 말인지 몰랐습니다. 전교생 칠백오십오 명 가운데 칠백오십 등이었던 그는 초보적인 단어들 옆에 한글로 발음을 적어놓았습니다. 예를 들자면 'happy(해피) 행복한' 같은 방식이었습니다. 이후 하루 네 시간만 자면서 공부에 몰두한 그는 재수학원을 다니며 검정고시와 대학수학능력시험을 같이 준비했습니다. 학원 앞 떡볶이 가게에 가끔 들르는 게 유일한 휴식 시간이었습니다. 이후 법학과에 입학했고 더욱 노력해 마침내 2009년 사법고시에 합격, 변호사가 되었습니다.

비슷한 사례가 또 있습니다. 장권수 씨는 초등학교 삼학년 때부터 야구를 했지만 고교를 졸업하면서 프로야구 팀에서 지명을 받는 데 실패했습니다. "남들이 꿈을 꾸는 스무 살에 나는 꿈을 잃은 청년"이 되었습니다. 그의 부모는 "대학에 갈 수 있을 것이라고 생각해서가 아니라 운동 그만두고 나쁜 길로 빠질까 봐" 아들을 학원에 보냈습니다. 첫 모의고사에서 그는 한 문제도 풀지 못했습니다. 모든 문제의 답을 3번으로 찍었더니 400점 만점에 70점이 약간 넘었습니다. 그는 매일 지하철 첫차를 타고 학원에 가서 학원이 문을 닫는 밤 열 시까지 공부했습니다.

지하철에선 영어 단어장을 꺼냈고, 화장실에 갈 땐 수학 노트를 들고갔습니다. 이후 대학에 입학한 그는 2008년 본격적인 고시 공부를 시작했습니다. 하지만 한 과목에 이십만 원이 넘는 돈을 내고 고시 학원에 다닐 형편이 안 되었습니다. 그는 한 달 용돈 삼십만 원으로 책값과 생활비까지 해결하면서 독학해 2016년에 합격했습니다.

어느 학교든 어느 학년이든 남다른 노력으로 성적을 올린 학생이 있습니다. 주변 환경이 바뀐 게 아니라 마음이 바뀌었기 때문입니다. 마음을 바꾸면 삶이 달라집니다. 마음이 굳으면 그 행동이 오래 갑니다. '시작이 반'이라고 하지만 끝날 때까지는 끝난 게 아닙니다. 그런 까닭에 '백 리를 가는 사람은 구십 리를 반으로 삼는다'고 하는 것입니다. 여러분들이 품은 결심이 얼마나 견고한지 되돌아보면 좋겠습니다. 좌절했던 야구선수를 변호사로 변신시키는 게 마음가짐의 기적입니다.

구구단을 못 외우는 의대생

〈순간 포착 세상에 이런 일이〉는 일상적이지 않은 능력이나 의지를 가진 분들을 소개하는 프로그램입니다. 그런 사람들 중에 초등학교 이학년, 아홉 살짜리 양대림 군이 제 기억에 남아 있습니다. 대림이는 다섯 살 무렵 우연히 의학 프로그램을 본 것이 계기가 되어 의사가 되겠다는 꿈을 품었다고 합니다. 그 후로 병원 놀이를 즐기고 의학책만 보는 어린이로 변했습니다. 밥 먹고 잠자는 시간을 제외하면 늘 의학과 관련된 행동을 하면서 사 년을 보냈습니다.

대림이는 쉬는 시간에 친구들에게 여러 가지 질병과 치료 방법을 설명합니다. 그런데 워낙 전문적인 지식이어서 친구들이 도무지 알아듣지 못합니다. 온종일 그렇게 시간을 보낸 대림이는 집에 돌아오자마자 의사가 입는 가운으로 갈아입습니다. 대림이가 사는 아파트에는 방마다 진찰실, 수술실, 주사실 등과 같은 이름표가 붙어 있습니다. 저녁을 먹고 여덟 시가 되면 할아버지와 할머니, 아빠와 엄마가 모두 안방으로 모입니다. 양대림 박사(?)의 의학 강의가 매일 진행되기 때문입니다. 강의가 두 시간을 훌쩍 넘는 날도 있는데 그러는 동안 가족들은 자리를 뜰 수가 없습니다. 하나도 알아들을 수 없는 강의를 견뎌야 하는 고역을 참아내며 대림이의 꿈을 응원합니다.

검사 결과 대림이는 의대 본과 사학년 졸업반 학생 수준의 의학 지식을 가진 것으로 나타났습니다. 그렇다고 해서 대림이가 천재 소리를 들을 정도로 두뇌가 뛰어난 건 아닙니다. 친구들은 모두 줄줄 외우는 구구단을 외우지 못해 쩔쩔매는 장면도 방송에 나옵니다. 괴짜 꼬마 의학도의 모습이 제겐 너무나 귀엽고 인상적이어서 방송 후에도 관련 소식을 찾아보니 여전히 의학 공부에 대한 열정을 이어가고 있었습니다. 의학 다큐멘터리를 보고 나서 뇌 질환에 대한 궁금증이 생기자, 유명 의대 교수에게 이메일로 직접 문의를 하는 등 쉬지 않고 독학에 매진하는 중이었습니다. 구구단도 서툴고 이메일에는 맞춤법에 어긋난 표현도 자주 나타나지만 의학 지식과 질문의 수준만큼은 전문가 못지않습니다. 온종일 의사놀이만 하며 지내는 일상이 그를 이처럼 성장케 한 것이겠지요.

물론 아직 어린 대림이가 의사 또는 의학자라는 꿈을 이루기 위해서는 어려운 입시 공부와 치열한 경쟁이라는 난관을 거쳐야 할 것입니다. 그 과정은 생각보다 훨씬 가혹할 수도 있습니다. "꿈은 이루어지기 전까지는 꿈꾸는 사람을 가혹하게 다룬다"던 윈스턴 처칠의 말처럼 말이지요. 그러나 자신이 무엇을 좋아하는지 일찍 깨달았고 또 좋아하는 일을 위해 즐겁게 몰입하는 시간을 생활화한 대림이라면 가혹한 경쟁과 고된 인내의 시간도 씩씩하게 견뎌낼 수 있지 않을까 예상합니다. "가장 잘 견디는 자가 가장 잘해낼 수 있다"던 존 밀턴의 말은 아마 앞으로 대림이의 시간을 설명하는 표현이 되지 않을까요? 먼 곳에서나마 어린 의학도의 소중한 꿈을 응원합니다.

벼의 싹 뽑기

여러분들의 일과를 보면 정말 살인적입니다. 새벽부터 자정이 넘어서까지 하늘 한 번 마음껏 바라볼 여유도 없습니다. 온종일 이어지는 수업, 하루가 멀다 하고 주어지는 과제며 수행평가, 쪽지 시험 등등. 이런 것을 모두 해내기란 너무 가혹합니다. 해냈다고 해서 그것으로 끝나는 것도 아닙니다. 개인적으로 해야 할 일이 산더미입니다. 그러다 보니 무엇을 하든 빨리빨리 해야 합니다. 무슨 수를 써서라도 어떤 과업을 며칠 안에 끝마쳐야 합니다.

그러다 보니 '하룻밤'이나 '일주일만 하면' 같이 원하는 결과를 쉽게 얻을 수 있다고 유혹하는 책이나 강좌가 많이 등장합니다. 하지만 소망을 쉽게 이루는 것은 불가능합니다. 하룻밤이나 일주일 만에 알게 되는 지식이라면 대부분 엉터리입니다. 금방

덥힌 방은 금방 식습니다.

송나라에 곡식의 싹이 자라지 않음을 안타깝게 여겨 뽑아서 키워놓은 자가 있었다. 비실거리며 돌아와 자기 집 사람에게 말하기를 "오늘은 피곤하다. 나는 곡식의 싹을 도와서 자라게 했다"라고 하였다. 그 아들이 달려가 보니 곡식의 싹은 말라 있었다. 천하에는 곡식의 싹을 도와서 자라게 하지 아니하는 자가 적다. 유익함이 없다고 생각해서 내버려두는 자는 곡식의 싹을 김을 매지 아니하는 자이다. 도와서 자라게 하는 자는 곡식의 싹을 뽑아 올리는 자이니, 다만 유익함이 없을 뿐만 아니라 또한 해치는 것이다.

『맹자』「공손추 상」에서 호연지기(浩然之氣)를 설명하며 소개된 이야기입니다. 여기에서 조장(助長)이란 말이 생겼습니다. 조장은 '바람직하지 않은 일을 더 심해지도록 부추김'을 가리킵니다. 무엇이든 이루려면 일정한 시간이 필요합니다. 그 시간이 길수록, 그 정도가 강할수록 훗날 위대하다는 평판을 얻습니다.

벼는 봄에 심어 가을에 거둡니다. 벼가 빨리 자라게 하려고 싹을 뽑아올리면 뿌리가 땅에서 떨어지기 때문에 머지않아 시들어 죽습니다. 사람이든 사물이든 어떤 성과를 거두려면 자연적인 순서를 따라야 합니다. 인위적으로 그 규율을 어기면 동티가 납니다. 사물을 빨리 자라게 하고 싶더라도 객관적인 규율을 어기면 안 됩니다. 식물이 겨울에도 자라게 하고 싶다면 온실 안을 식물이 자랄 수 있는 환경으로 만들어주어야 합니다.

우리 사회에서 조장이 특히 심한 분야가 교육입니다. 어렸을 때부터 두각을 드러내게 하려고 우리말보다 영어를 먼저 배우게 합니다. 그러고도 부족해서 초등학생을 고등학교 수학 학원에 보냅니다. 자녀 교육에 관심을 가져야 하겠지만 인위적으로 조장하는 게 바람직할까요.

남계우(1811년~1890)는 조선 후기 한양의 남촌에 살았던 화가입니다. 종이품 벼슬인 동지중추부사를 지냈을 만큼 관직이 높았지만 오늘날 그는 나비 그림의 최고봉으로 남았습니다.

남계우는 하도 나비를 좋아해서 '남나비'라고 불렀습니다. 집에 날아든 나비를 동대문까지 따라가서 잡아왔다는 일화를 남겼습니다. 그것도 평상복 차림으로 말이에요. 밖으로 나갈 때는 반드시 외출복을 입었던 사대부의 관습을 감안한다면 그가 나비에 얼마나 몰입했는지 짐작이 됩니다. 그는 나비 수백 마리를 잡아 책갈피에 끼워 말려두었다가 종이를 대고 그림을 그렸습니다. 실물을 유리에 대고 그 위에 종이를 얹어 숯으로 초벌 그림을 그린 후에 금가루와 진주가루를 이용하여 노란색과 흰색을 표현했습니다. 그는 뛰어난 관찰력을 바탕으로 대상을 사실적으로 포착한 후 곱고 화려한 색을 입혀 나비 그림을 완성했습니다. 그래서 단순한 그림이 아니라 식물도감이라는 말을 들었습니다. 그가 그린 그림은 워낙 정밀해서 나비학자 석주명은 그의 그림에서 무려 서른일곱 종의 나비를 암수까지 구별할 수 있었습니다.

국립박물관에 소장된 남계우가 그린 나비는 금방이라도 꽃밭으로 날아갈 듯 보입니다. 그의 그림은 북한에서도 극찬을 받습니다. 북한 언론은 그의 나비 그림들이 "전반적으로 색이 진하고 묘사가 치밀한 것이 특징"이라며 "우리나라 민간장식화(민화)의 색형상(채색) 방법은 뛰어난 묘사 기량을 가진 남계우에 의해 보다 세련된 경지에서 풍부해졌다"라고 평가했습니다.

벼를 '기르는' 것이 유익하지 않다고 생각하는 농부는 김을 매주지 않습니다. 김을 매주지 않아도 벼는 저절로 자랍니다. 단지 벼의 알곡이 많이 열리지 않겠지요. 벼를 빨리 자라게 하려는 농부는 싹을 뽑아줍니다. 그런데 싹을 뽑으면 결국 벼를 해칩니다. 김을 매주지 않는 농부보다 싹을 뽑아주는 농부의 피해가 훨씬 큽니다. '꼭 어떻게 해야 한다고 해서도 안 되고, 까맣게 잊어서도 안 되고, 자라는 것을 억지로 도와주려고 해서도 안된다'는 맹자의 말이 새삼 귓전을 울립니다.

의심하는 공부

『논어』와 『불경』은 아시아에서 가장 많이 읽힌 책입니다. 두 책은 공자와 석가모니라는 성인이 직접 남긴 게 아니라 제자들이 기록한 저작물이라는 공통점을 갖습니다. 스승과 제자의 문답 형식이라는 점 역시 같습니다. 스승은 일방적으로 말하고 제자는 무턱대고 고개를 끄덕이며 받아 적은 기록이 아닙니다. 제자가 의심스러운 것을 물으면 스승이 온몸으로 대답하는데 개중에는 심지어 제자가 스승에게 따지는 내용도 있습니다.

어느 날 석가모니는 보리수 아래 단정히 앉아 마음을 가라앉히고 선정에 들었다. 귓전에 들려오는 울부짖음 소리에 두 눈을 뜨고 보니 두 농부가 살찐 돼지를 운반하고 있는 중이었다. 석가모니가 물었다. "당신들이 가지고 가는 것은 무엇이오?"

농부가 웃으며 되물었다. "부처님의 지혜는 끝이 없다고 하던데 돼지도 모르신단 말씀입니까?"
석가모니는 합장하고 말했다. "알아도 물어봐야 한다오."

송나라 때 발간된 불교 서적 『오등회원』에 나오는 내용입니다. 석가모니가 돼지를 몰랐을 리는 없지요. 하지만 그는 알아도 물어봐야 한다고 말합니다. 남들이 다 아는 것을 몰랐던 사람은 석가모니 말고도 또 있었습니다.

공자께서 중국 제왕가 조상의 위패를 모셔 두던 사당에 들어가 제사를 지낼 때 절차를 일일이 물었다. 어떤 사람이 이를 두고 말했다. "누가 저 추나라 사람의 아들을 일러, 예를 안다고 말했느냐? 사당에 들더니 일일이 묻기만 하더라." 공자께서 이를 전해 듣고 말했다. "그렇게 하는 것이 예이니라."

『논어』 「팔일」에서 인용한 글입니다. 연암 박지원은 "공자가 성인이 된 것은 다른 사람들에게 물어보기를 좋아하고 배우기를 잘하는 것에 지나지 않는다"라고 말했습니다. 연암은 아들에게 보낸 편지에서 "그간에 범범히 놀면서 날을 보내지 말고 반드시 책을 보아 문리가 의심나거나 어두운 곳은 역시 뜻을 겸손히 하여 주인에게 배우기를 원하는 것이 어떠하냐" 하였습니다.

연암 박지원만이 아닙니다. 자식들에게 보낸 편지에서 의심이야말로 진짜 공부임을 강조한 아버지는 더 있습니다. 임진왜란을 승리로 이끄는 데 크게 공헌한 서애 유성룡은 여러 아들에게 이런 편지를 보냈습니다.

> 너희 셋 모두 『맹자』를 읽었느냐? 배움은 정밀하게 따지고 살펴 묻는 태도를 소중하게 여긴다. 너희가 일찍이 따져보지 않기 때문에 의문이 생기지 않고, 의문이 생기지 않으므로 물을 수가 없는 것이다. 이와 같이 한다면 아무리 많이 읽은들 무슨 소용이겠느냐? 힘쓰도록 해라.

책을 보면 내용이 하도 잘 정리되어 흠결이라고는 전혀 없는 듯이 보입니다. 하지만 그 책을 의심하는 데서 공부가 시작됩니다. 그리고 온갖 노력을 기울여 의문을 풀어냄으로써 공부가 나날이 발전합니다. 공부하는 사람은 자신이 무엇을 모른다는 사실보다 무엇을 의심하지 않는 태도를 걱정해야 합니다. 의심을 품으면 진보합니다. 작게 의심하면 작게 발전하고, 크게 의심하면 크게 발전합니다.

학자들은 공부를 스펀지식(sponge式)과 채금식(採金式)으로 나눕니다. 스펀지식은 스펀지가 물을 빨아들이듯이 지식을 흡수하는 공부 방법입니다. 스펀지를 파란 물에 넣어 두면 금세 파래지듯이 남의 이야기를 빨아들이듯 하는 게 스펀지식 공부입니다. 채금식은 금을 캐듯이 공부하는 방식을 말합니다. 강바닥의 모래를 채에 쏟고 이리저리 흔들면서 금을 골라내듯이 가치 있는 것과 무가치한 것을 구분하는 것이지요. 강의나 책 내용을 비판적으로 의심하는 공부를 채금식 공부라고 합니다.

여러분들은 앞으로 학문(學問)을 닦을 사람들입니다. 학문은 배울 학(學)과 물을 문(問)의 관계를 어떻게 설정하는가에 따라 세 가지 뜻으로 나눌 수 있습니다. 먼저 서술어와 목적어로 본다면 질문하는 법을 배운다는 뜻이 됩니다. 두 글자를 대등한 관계로 파악한다면 배우고 질문함을 가리킵니다. 청나라 사람 정섭(1693~1765)은 이와 다른 견해를 피력했습니다. "학문이란 두 글자는 반드시 떼어놓고 보아야 한다. '학(學)'은 '학'이고, '문(問)'은 '문'이다. 사람이 배우기만 하고 의문을 가지지 못하면 만 권의 책을 읽어도 그저 멍청이밖에 안 된다." 제 생각도 같습니다. 질문하지 않으면 공부가 아닙니다. 질문이 있어야 비로소 공부가 시작됩니다. 지금부터 질문을 만들려고 노력해보길 권합니다.

독서광들

중국 혁명의 주역인 마오쩌둥(1893~1976)은 평생 손에서 책을 놓지 않은 지독한 독서광이었습니다. 어렸을 때 당숙 마오중추에게 사마천의 『사기』를 배운 것으로 시작된 그의 공부 이력은 숱한 일화와 함께 전설로 남았습니다. "밥은 하루 안 먹어도 괜찮고 잠은 하루 안 자도 되지만 책은 단 하루도 안 읽으면 안 된다." 그가 남긴 유명한 말입니다. 마오쩌둥은 세 번 반복해 읽고 네 번 익히는 삼복사온(三復四溫) 독서법을 평생 지켰습니다. 그리고 "붓을 움직이지 않는 독서는 독서가 아니"라는 원칙도 굳게 지켰습니다. 그는 이 원칙을 스승 쉬터리에게 배웠습니다. 마오쩌둥은 청년기에 '사다(四多)'라는 독서 습관을 지켰습니다. 이것은 많이 읽고[多讀 다독] 많이 생각하고[多想 다상] 많이 쓰고[多寫 다사] 많이 물으라[多問 다문]는 뜻입니다. '많이 묻기'는 그의 특징이었습니다. 후난성 제1사범학교 재학 시절 모르는 게 생기면 선생님들께 질문했고 심지어는 창사(長沙)까지 나와 사람들에게 가르쳐달라고 요청했다고 합니다.

안중근 의사도 독서광이었습니다. 그는 '일일부독서 구중생형극(一日不讀書 口中生荊棘)'이라고 쓴 붓글씨를 남겼습니다. 하루라도 책을 읽지 않으면 입 안에 가시가 생긴다는 뜻입니다. 단 하루만 책 읽기를 걸러도 거친 말이나 내뱉는 수준으로 떨어진다는 게 안중근 의사의 생각입니다. 하얼빈 역에서 이토 히로부미를 응징한 그는 1910년 3월 26일 오전 열 시, 뤼순교도소에서 순국했습니다. 그는 사형장으로 갈 것을 재촉하는 교도관에게 지금 읽는 책을 거의 다 읽어가니 남은 몇 페이지를 마저 읽게 해달라고 부탁했습니다. 책을 끝까지 다 읽고 난 그는 태연하게 사형장으로 향했습니다.

콜린 윌슨(1931~2013)도 독서로 삶을 완성했습니다. 그는 영국에서 노동자의 맏아들로 태어나 일곱 살에 처음 글을 익힌 후부터 철학, 심리학, 자연과학 등 다양한 분야의 책을 탐독했습니다. 중학생 수준인 열일곱 살까지만 정규 교육을 받은 그는 그때부터 하루의 반은 모직 공장이나 농장일, 도랑 파는 인부로 일했고 나머지 반은 독서로 채웠습니다. 프란츠 카프카와 프리드리히 니체, 빈센트 반 고흐 등의 작품을 통해 실존주의와 창

조성을 탐구한 『아웃사이더』를 출간한 1956년에 그는 겨우 스물다섯 젊은이였습니다. 당시 영국의 소설가이자 비평가인 필립 토인비가 「콜린 윌슨은 누구인가」라는 글을 발표해 그를 격찬한 후 전 세계의 주목을 받았습니다. 이후 그는 서양사, 범죄사, 철학, 심리학 등을 다룬 백이십여 편의 저작물을 발표해 20세기를 대표하는 저술가로 기억되고 있습니다.

독서에 관한 일화는 무궁무진합니다. 아르헨티나의 작가 호르헤 루이스 보르헤스(1899~1986)는 "다른 사람들은 자기들이 쓴 책을 자랑하지만 나는 내가 읽은 책들에서 자부심을 느낀다"라는 말을 남겼습니다. 그는 한 때 아르헨티나 국립도서관장을 지내면서 팔십만 권이 넘는 장서를 관리했습니다. 그런데 그의 집안 남자들에게는 대대로 시력이 약해지다가 결국 장님이 되는 유전병이 있었습니다. 그는 도서관장이 되었을 무렵 거의 시력을 상실한 상태였습니다. 1927년부터 무려 여덟 번이나 안과 수술을 받았지만, 결국 실명을 피하지 못했습니다. 시력을 상실했지만 그는 책이 곁에 있다는 사실만으로 무엇과도 비교할 수 없는 기쁨을 만끽했습니다. 시력을 잃은 후부터 그는 책 읽어주는 사람을 늘 곁에 두었습니다. 그는 「책」이라는 글에 이런 내용을 담았습니다.

나는 장님이 아닌 척 계속 책을 사서 내 서재를 채우고 있다. 전에 나는 1966년판 『브로크하우스 백과사전』을 선물받았다. 우리 집에 그 책이 있다는 느낌은 내게 행복감을 가져다준다. '저기에 이십여 권의 책이 있구나.' 비록 읽을 수도 없고 삽화와 지도도 볼 수 없었지만 거기에 그 책이 있다는 느낌은 나를 행복하게 해주었다. 그 책들은 다정스럽게 나를 끌어당기고 있었다. 책이란 인간이 맛볼 수 있는 더할 수 없이 높은 행복 가운데 하나다.

행복한 동행

책이 만들어지려면 여러 사람이 힘을 합해야 합니다. 우선 필자가 필요합니다. 편집자는 섬세한 손길로 매만집니다. 책을 제작하고 유통하는 일에 종사하는 분들도 책을 만드는 주인공입니다. 마지막으로 독자가 있어야 하겠지요. 독자도 책을 떠받치는 기둥입니다.

독자들 중에는 성가신 독자가 있기 마련입니다. 돌이켜보면 저야말로 참 성가신 독자였습니다. 책을 읽다가 궁금해진 게 생기면 꼭 출판사를 통해 저자에게 질의서를 보냈으니까요. 그러는 과정에서 귀중한 가르침과 인연을 얻었습니다.

십여 년 동안 종가의 차[茶] 문화를 연구한 이연자 선생님의 책 다섯 권을 읽고 질문을 드렸습니다. 선생님은 친히 전화를 걸어 답변을 주시면서, 책을 준비하며 힘들었는데 정독을 해준 독자를 만나니 기쁘다고 하셨습니다. 이후 저와 아내를 집으로 초대하시고 여러 시간 동안 손수 차를 우려주시면서 청아한 정신세계를 가꾸어 오신 삶의 지혜를 들려주셨습니다. 이것이 계기가 되어 부군과 따님께서 출간하신 책을 읽는 행운까지 누렸습니다. 그 후로 해마다 선생님께서 손수 만드신 연하장을 보내주셨습니다.

2013년에 금장태 교수님의 『퇴계 평전』을 읽고 가르침을 청했습니다. 특히 「무이구곡도가」를 표기할 때 '도(棹)'와 '도(櫂)'가 혼용되는 문제를 여쭈었습니다. 여러 가지 자료를 찾아보았지만 두 글자가 모두 사용되고 있어서 혼란스러웠습니다. 그래서 교수님께 질문을 드렸는데 이런 설명을 보내주셨습니다.

> 209쪽과 217쪽에 「무이구곡도가」의 '도' 자가 〈나무-목〉 변에 〈탁자-탁〉으로 쓴 것[棹]은 자전에 '짧은 노'를 의미하고, 〈꿩-적〉으로 쓴 것[櫂]은 '긴 노'를 의미하는 것이라 하였으니 엄밀하게는 다른 글자인 것을 알았습니다. 저도 별로 주의를 기울이지 않고 통용해서 사용했는데 『퇴계집』에서도 두 글자를 혼용하고 있군요. 원전인 『주자대전』을 찾아보니 〈꿩-적〉을 쓰고 있으니 「무이구곡도가」의 경우는 〈꿩-적[櫂]〉을 쓰는 것이 올바른 표기라 할 수 있을 것 같습니다. 제가 무이구곡에 가보았더니 실제로 그곳의 노가 긴 대나무 막대였습니다. 김 선생님 덕

분에 제가 「무이구곡도가」의 올바른 글자를 알게 되어 감사 드립니다.

그 후 교수님의 저서 여러 권을 탐독했고 직접 뵙기도 했습니다. 이런 일이 계기가 되어 교수님께서 『나를 찾고 너를 만나』를 출간하실 때 원고를 미리 읽는 행운도 누렸습니다. 교수님께서는 책 머리말에 이런 문장을 넣어주셨습니다. "원고를 세심하게 읽어주고 교정까지 도와주신 중앙여고 김권섭 선생님의 노고에 감사 드린다."

그동안 제게 가르침을 베풀어주신 저자분들이 무척 많았습니다. 기억나는 대로 존함을 적는 것으로 마음속에 묻었던 감사 인사를 올리고 싶습니다. 이기동 교수님께서는 『사서삼경 강설 세트』를 읽고 질문을 드렸을 때 자상한 답변과 여러 권의 책을 보내주셨습니다. 『한자 어원 사전』을 완독한 경험이 계기가 되어 하영삼 교수님을 서울에서 직접 뵈었습니다. 『상소와 비답』을 읽고 윤재환 교수님께 질문을 드려서 가르침을 얻었고 이후에도 교수님께서 여러 차례 책을 보내 저를 격려하셨습니다. 『청음 김상헌』을 집필하신 지두환 교수님, 『주자 평전』을 번역하신 김태완 선생님, 손으로 쓴 편지를 보내주신 최준호 관장님, 문병란 시인도 잊지 못할 분들입니다. 조지훈 시인의 아드님이신 조광렬 선생님은 제가 낯설어하는 경북 방언을 어머님 김란희 여사님께 직접 여쭈어 의미를 알려주셨습니다.

독서는 필자와 독자의 행복한 동행입니다. 오랜 세월 쌓은 성과에 혼을 담아 발간한 저서는 필자와 독자를 맺어줍니다. 그래서 척박하기 이를 데 없는 독서 풍토의 사막 한가운데를 서로 부축하며 걸어가게 됩니다. 그 길이 멀고 험할지라도 서로 부추기면서 똑바로 섭니다. 똑바로 걷고 세상을 똑바로 봅니다. 행복한 동행입니다. 여러분들도 이 행복한 길에 들어서기를 바랍니다.

여러분들은 청소년이므로 더더욱 책을 많이 읽어야 합니다. 소년 시절에 공부하면 청년기에 자기가 좋아하는 분야의 전문가로 성장합니다. 청년기에 독서하면 늙어서 쓸쓸해지지 않습니다. 노년에 독서를 하면 죽어서 이름을 남깁니다. 저자와 함께 발걸음을 옮기는 행복한 동행을 꼭 체험해보면 좋겠습니다.

지비(知非)

『논어』「위정」에서 공자는 이런 말을 남겼습니다.

"나는 열다섯에 배움에 뜻을 두었고 서른 살에 확립하였으며 마흔 살에 미혹하지 아니하였고 쉰 살에 천명을 알았고 예순 살에 귀가 순했고 일흔 살에 마음이 하고자 하는 바를 따르지만 법도에 넘지 않았다."

이 문장은 인간이 남겨놓은 가장 짧은 자서전입니다. 중고교 시절 이 말을 들었을 때는 그 의미가 와 닿지 않았습니다. 그냥 옛날 사람이 남겨놓은, 나와는 관계없는 글이려니 했습니다. 그 후로 수십 년이 지나는 동안 이따금 이 문장을 생각해보는 버릇이 생겼습니다. 그리고 이 문장에 담긴 대로 살기가 얼마나 어려운지 절감했습니다. 몹시 부끄러웠습니다.

올해 저는 쉰여섯 살입니다. 이 문장에 견주면 이미 천명을 알고도 한참이 지났을 나이입니다. 하지만 천명을 알기는커녕 아직 배움에 뜻을 두지도 못한 상태입니다. 아마 죽을 때까지 그 단계를 넘어서지 못할지 모릅니다. 설령 그렇다고 해도 이 문장은 제게 매우 소중합니다. 앞으로 예순, 일흔을 지날 때 제 삶이 여기에서 얼마나 멀어졌는지 혹은 가까워졌는지 재는 기준이 될 것이기 때문입니다.

『논어』에는 거원이라는 사람이 등장합니다. 그는 춘추 시대 위나라 사람으로 자가 백옥이어서 흔히 거백옥으로 불립니다. 거백옥은 겉은 관대하지만 속은 강직했던 인물로 알려져 있습니다. 그래서 여러 사람에게 칭송받았습니다. 오나라의 계찰이 위나라 찬허를 지나가면서 거백옥을 군자(君子)라 여겼다는 기록이 전합니다. 공자가 위나라에 이르렀을 때 거백옥의 행실을 칭찬하며 그의 집에 머물렀다는 이야기도 유명합니다.

그러니 그가 얼마나 알찬 삶을 살았을지 짐작이 됩니다. 그런 거백옥이 쉰 살이 되었을 때 지난 사십구 년간의 자기 삶이 잘못되었음을 뉘우쳤다고 합니다. 흔히 나이 쉰을 가리켜 잘못을 알다라는 뜻의 지비(知非)라고 하는데 이는 거백옥에게서 비롯되었습니다.

제가 이 단어를 알게 된 것도 마침 마흔아홉 살이 되던 무렵이었습니다. 그해에는 일 년 내내 우울했습니다. 내년이 되면 다시는 사십대로 살지 못한다는 생각에 서글펐습니다. 해놓은 것도 없이 나이만 먹었다는 자괴감까지 겹쳐서 참으로 울적하고 초조한 나날을 보냈습니다. 그러다가 지비(知非)를 만났습니다. 영락없이 제 이야기 같았습니다. 그래서 쉰이 되기 전에 의미 있는 책을 읽겠다고 결심했습니다. 그것이 『논어』를 통독한 계기가 되었습니다.

누구나 공자처럼 살 수는 없겠지요. 그렇더라도 여러분이 위에서 소개한 단어들을 기억하면 좋겠습니다. 여러분이 열다섯 살을 지났으므로 배움에 얼마만큼 뜻을 두었는지 되돌아보면 어떨까요. 조금이라도 이 말처럼 살려고 노력하면 나중에 후회하는 일이 줄어들 겁니다. 제가 마흔아홉 살에 『논어』를 읽은 것을 다행으로 여기듯이 말이에요.

배움의 끝

공자께서 대답하여 말씀하셨다. "안회라는 사람이 배우기를 좋아했습니다. 그는 화가 나도 다른 사람에게 화풀이를 하지 않고, 동일한 과오를 되풀이하여 범하지 않았는데 불행하게도 명이 짧아서 벌써 죽었습니다. 지금은 그런 사람이 없습니다. 배우기 좋아하는 사람이 있다는 말을 듣지 못했습니다."

孔子對曰 有顔回者好學 (공자대왈 유안회자호학)
不遷怒 不貳過 不幸短命死矣 (불천노 불이과 불행단명사의)
今也則亡 未聞好學者也 (금야즉망 미문호학자야)

『논어』「옹야」에 나오는 내용입니다. 배우기를 좋아하는 사람의 모습이 두 가지 제시됩니다. 배운 사람은 자기의 화난 감정을 다른 사람에게 옮기지 않습니다. '종로에서 뺨 맞고 한강에 가서 눈 흘긴다'는 속담 아시지요? 노여움을 다른 데로 옮김을 비유적으로 이르는 말입니다. 이런 속담이 전해지는 이유는 우리가 이런 행동을 자주 하기 때문이겠지요.

제게도 이런 경험이 적지 않습니다. 어느 반에서 수업을 하다가 다른 사람에게 피해를 주는 학생을 꾸짖은 적이 있습니다. 그것도 하필이면 수업이 거의 끝나가는 무렵이었습니다. 꾸짖음이 쉬는 시간까지 이어졌습니다. 쉬는 시간이 금세 지나고 물 한 모금 마시지 못한 채 다음 수업을 하러 갔습니다. 그런데 교실 풍경이 몹시 어수선했습니다. 수업 준비를 전혀 하지 않았습니다. 반장과 주번을 일으켜 세우고 또 꾸짖었습니다. 나중에 생각해보니 두 번째 들어간 교실 풍경은 예전과 크게 다르지 않았습니다. 평소보다 나빴다고 해도 그 차이는 아주 작았습니다. 그런데 이미 화가 난 제 감정을 조절하지 못하고 엉뚱한 반에 분풀이를 한 것입니다. 다시 생각해도 얼굴이 화끈거립니다.

혹시 여러분들에게도 이와 비슷한 기억이 있는 건 아닌지요? 엄마에게 꾸지람을 들었다고 친구를 퉁명스럽게 대하거나 한 친구와 말다툼한 후 다른 친구에게 짜증을 내지 않았는지요? 만약 부부싸움 후에 출근했다고 공연히 학생들에게 화풀이하는 선생님이 있다면 생각만 해도 가슴이 답답해지지 않나요?

배운 사람은 같은 잘못을 되풀이하지 않습니다. 사람은 누구나 잘못을 저지릅니다. 그것이 잘못인 줄 알면서도 고치기 쉽지 않습니다. 마음만 제대로 먹으면 될 것 같은데 몸이 마음과 반대 방향으로 움직입니다. 여러 해 전 일입니다. 시험 문제를 출제하고 논의하면서 정답 옆에 '*' 표시를 붙여두었습니다. 이렇게 하면 출제 과정에 편리한 점이 많아서 그때까지 관습적으로 그랬습니다. 문제 검토를 마친 후에는 문서 프로그램에서 '찾아 바꾸기' 기능을 이용하여 '*' 표시를 모두 지우니까 문제될 게 없었습니다. 그런데 한 번은 시험지가 인쇄된 다음에서야 한두 문제의 정답이 지워지지 않은 것을 발견했습니다. 함께 출제한 교사들까지 곤혹스럽게 하고 나서 저는 교직 생활을 마치는 날까지 다시는 이 방법을 사용하지 않겠다고 결심했습니다.

여러분은 어떤가요? 나태함으로 시험을 그르치고 다시는 그러지 않았나요? 계획성 없이 용돈을 허비한 후로 나쁜 습관을 고쳤나요? 만일 그랬다면 예전과 많이 다른 사람으로 변모했겠지요. 한 번 저지른 잘못을 되풀이하지 않는다면 얼마나 반짝이는 사람이 될지 생각만으로도 가슴이 벅찹니다.

지식 쌓기는 배움의 첫 단계이지 배움의 마지막은 아닙니다. 진정한 배움은 일상에서 실천할 때 비로소 빛이 납니다. 자기 노여움을 다른 사람에게 옮기지 말고, 한 번 저지른 잘못은 되풀이하지 맙시다. 그게 배운 사람의 모습입니다.

본성과 습관

교사로 오래 지내면서 참 많은 학생을 만났습니다. 일학년 때 담임을 했다가 삼학년 때 다시 담임으로 만난 학생도 있었습니다. 그들 중에는 변화가 거의 없는 학생도 있었고 전혀 다른 사람으로 변모한 학생도 있었습니다. 자신이 원하는 방향으로 발전한 학생은 환하게 웃는 얼굴로 지난 일 년 동안에 일어난 변화를 말합니다. 반면에 부정적인 모습으로 변모한 학생은 자존감이 많이 낮아져 있었습니다.

왜 이런 차이가 날까 생각해보았습니다. 타고난 두뇌, 가정형편, 교우 관계, 생활 습관 등 원인이 한두 가지가 아닐 테지요. 이 중에서 가장 직접적인 원인을 들라면 생활 습관을 꼽고 싶습니다. 지능이나 가정 형편, 교우 관계는 일 년 만에 크게 변하지 않은 경우가 많기 때문입니다. 『논어』「양화」에 이런 내용이 보입니다.

사람의 본성은 서로 가깝지만 습관에 따라 멀어진다.

性相近也 習相遠也 (성상근야 습상원야)

여기서 말하는 본성은 사람의 기질을 포함하는 개념인 듯합니다. 인간의 기질은 좋고 나쁜 정도가 크게 다르지 않습니다. 본래는 비슷했던 본성이 선을 가까이 하면 선해지고, 악을 가까이 하면 악해집니다. 이렇게 변한 뒤에 서로 멀어집니다.

이 글은 이렇게 해석할 수 있겠네요. 성(性)은 본심의 좋고 나쁨을, 습(習)은 듣고 보는 습관으로 이해하면 어떨까요? 착한 사람을 좋아하고 악한 사람을 멀리하려는 본성은 누구나 마찬가지입니다. 그러므로 가깝지요. 하지만 어떤 사람은 인자한 사람과, 어떤 이는 노라리와 사귑니다. 그들은 나중에 서로 멀어집니다.

저는 이렇게도 보고 싶습니다. 익힐 습(習)은 깃 우(羽)와 날 일(日)이 결합된 글자입니다. 어린 새는 날지 못합니다. 그래서 둥지 안에서 날갯짓을 연습합니다. 그러면서 차츰 둥지를 벗어나 가까운 나뭇가지로 옮겨 앉는 힘을 기르지요. 그러다가 마침내 멀리 날아가는 능력을 갖추게 됩니다.

새는 날기를 좋아하는 천성을 갖고 태어났습니다. 이 점에서 모든 새는 가깝습니다. 하지만 날갯짓을 익힌 새는 멀리 날고, 그러지 않은 새는 둥지를 벗어나지 못합니다. 엄마 새가 대신 날아줄 수는 없습니다. 엄마 새는 먹이만 물어다줄 뿐 허공을 날아오르는 힘은 어린 새가 스스로 익혀야 합니다. 갓 태어났을 때는 천성이 같았던 새일지라도 날기를 익히지 못한 새는 둥지에 갇히고, 익힌 새는 하늘을 갖습니다. 누가 더 즐겁게 살게 될까요? 『논어』의 첫 문장 '배우고 때에 맞게 익히면 즐겁지 아니한가?'가 새삼 생각나네요.

남보다 먼저 할 일

새 학기가 되면 반마다 학급회장을 선출합니다. 학생 여럿이 각기 다른 공약을 내세우면서 후보자 등록을 합니다. 유세를 하고 선거를 치르면 한 학기 동안 학급을 이끌 리더가 정해집니다. 이제부터는 그가 어떤 역할을 하느냐에 따라 학급의 모습이, 그리고 미래가 달라집니다. 그 달라짐은 예전보다 혹은 예전과는 비교할 수 없을 만큼 좋아지는 변화를 말합니다. 학생들이 새로운 회장에게 기대를 보이는 이유도 이 때문일 것입니다.

새로 회장이 된 학생에게 들려주고 싶은 말입니다. 학급의 회장만이 아닙니다. 구청장, 시장, 사장, 대통령 같은 분들께서도 기억해주시면 좋겠습니다(물론 이미 알고 있겠지요).

先憂後樂(선우후락)

중국 북송 시대 범중엄이 지은 『악양루기』에 나오는 말입니다. 원문 내용을 옮기면 이렇습니다.

> 옛날의 어진 사람들은 높은 지위에 있을 때는 오로지 백성(百姓)들이 고생할까봐 걱정하고, 벼슬에서 물러나 있을 때는 왕이 잘못할까 걱정했다. 벼슬을 할 때나 물러날 때나 항상 걱정했던 것이다. 그들에게 언제 즐기냐고 묻는다면 틀림없이 세상의 근심할 일은 남보다 먼저 근심하고 즐거워할 일은 남보다 나중에 즐긴다[先憂後樂]고 대답할 것이다.

회장이 되는 것은 학급을 대표하는 지도자가 되는 것입니다. 자칫하면 자기 지위가 높아진 것으로 오해하기 쉽지만 그렇지 않습니다. 회장은 지위가 높은 사람이 아니라 남들보다 먼저 근심하고 남들보다 나중에 즐거워하는 사람입니다. 다른 학생들이 쉬는 시간에도 회장은 다음 수업을 근심해야 합니다. 체육 수업인데 교실에 있어야 하는지 운동장에 나가야 하는지 확인해야 합니다. 다른 학생들은 결석한 친구를 잊고 지내도 회장은 그 친구에게 수행평가 계획을 어떻게 알릴지 고민합니다.

회장을 잘못 선출하면 한 학기 내내 고생합니다. 멀쩡했던 친구들 사이가 벌어지고 교실이 무질서해집니다. 이렇게 된 것은 회장을 잘못 선출한 유권자 탓이지만 후회해도 소용없습니다.

이모저모 따져보고 선택해서 대표를 잘 선출해야 합니다. 시장이 시장다우면 도시가 살아나고, 대통령이 대통령다우면 국민이 행복해집니다. 유승우 시인은 지도자다운 지도자를 '물건'에 견주었습니다.

그 사람 참 물건이야.
큰 일을 한 사람을 가리키는 말입니다
큰 일을 한 사람은 제몫을 챙기지 않습니다
솥은 밥만 지을 뿐,
누룽지 한 조각도 챙기지 않습니다
신발은 먼 길을 걷고도
방에 들어가지 않습니다
높은 분들이 다 물건이면 좋겠습니다

—유승우, 「물건」 전문

회장이 해야 할 일은 한두 가지가 아닙니다. 그중에 꼭 하나만 꼽으라면 이렇게 조언해주고 싶습니다. 남들보다 먼저 근심하세요.

유망한 학과

요즈음 청소년들은 세상이 어떻게 변하는지, 변할 건지 관심이 많습니다. 세상은 참 빠르게 변하고 있으며 그 변화에 발맞추지 못하면 고단한 삶을 살게 되리라 여겨서 앞날을 계획적으로 준비하려고 합니다. 이런 생각을 그르다고 할 수는 없습니다. 하지만 무엇이든 어느 한 극단에 서는 것은 조심해야 합니다. 시류 변화를 무턱대고 따르는 선택은 변화를 외면하는 행동만큼 위험합니다. 지나침은 부족함과 같은 법입니다.

옛날에 주라는 곳에서 헐벗은 한 노인이 길가에 주저앉아 통곡하고 있었다. 길을 가던 나그네가 그에게 물었다. "노인은 왜 그렇게 슬피 울고 계시나요?"

노인이 대답했다. "내 신세가 너무나도 한심해서 그런다오. 머리카락이 백발이 되도록 한 번도 출세할 기회를 만나지 못했으니."

나그네는 아주 이상해서 물었다. "어떻게 한 번도 기회를 못 만났단 말입니까?"

노인이 대답했다. "젊을 때 글공부를 열심히 해 과거시험을 보았소. 당시는 경험 많고 나이 든 사람을 우대해 기회를 잡지 못했다오. 왕이 죽고 그 아들이 왕이 되었는데 그는 무예를 숭상했소. 그래서 억지로 무예를 익혔소. 이제는 벼슬을 얻으려나 싶었는데 그 왕이 일찍 죽었소. 젊은 왕이 새로 등극했는데 그는 주로 젊은 사람을 관리로 등용했다오. 그때 나는 이미 이렇게 늙어버렸지 뭐요."

중국 후한의 사상가 왕충이 남긴 『논형』에 실린 「비읍불우」라는 이야기입니다. 글의 제목인 비읍불우는 '세상의 제도가 여러 번 바뀌는 바람에 평생 출세할 기회를 얻지 못해 슬피 운다'는 뜻입니다.

젊은이들이 학업을 마치고도 취업을 못해 난리입니다. 청년 실업률이 최고치를 기록했다는 우울한 소식이 연일 날아듭니다. 그러다 보니 취업을 위해서라면 무엇이든 하려는 젊은이들이 많아졌습니다. 요즈음은 이과 전공자가 취업에 유리하다고 하여 여고에서도 자연계를 지망하는 학생이 급증하는 추세입니다. 변화를 따른다고 나무랄 수는 없습니다. 젊은 시절을 이렇게 보내게 만든 기성세대로서 몹시 미안합니다. 먹고 사는 문제를 해결하기 위해 땀 흘리는 젊은이들을 진심으로 응원하고 싶습니다.

다만 세상의 변화만 좇아 삶을 영위하는 태도가 온당한지 고민했으면 합니다. 학벌과 스펙은 세상이 내게 부여한 기준일 뿐입니다. 그 기준에 자신을 꿰어 맞추려고 노력하는 만큼 자기다움을 잃지 않으려는 안간힘도 필요하지 않을까요?

활에 맞아 다친 새

어느 날 위나라 왕이 신하 갱영과 걸어가며 한담을 나누었습니다. 마침 기러기 한 마리가 허공을 가로지르며 날아갔습니다. 이를 본 갱영이 위나라 왕에게 "제가 활시위만 튕겨서 날아가는 저 기러기를 떨어뜨려보겠습니다"라고 말했습니다. 왕이 그런 활솜씨는 들어본 적이 없다며 감히 왕을 농락하려 하느냐고 화를 냈습니다. 그러자 갱영이 "신하된 자가 어찌 군주를 농락하겠습니까?" 하고는 바로 빈 활시위를 크게 튕겼습니다. 이때 허공을 날던 기러기가 정말 땅에 떨어졌습니다. 왕은 놀라움을 억누르지 못하며 "정말 신묘한 활솜씨로다. 어찌 이런 경지에 오를 수 있단 말인가!"라며 극찬했습니다. 그러자 갱영이 그렇지 않다며 사실대로 아뢰었습니다. "저 큰 기러기는 천천히 날고 슬프게 울었습니다. 저의 오랜 경험에 의하면 천천히 나는 이유는 몸에 상처가 있기 때문입니다. 상처가 아직 아물지 않아 정신이 불안했기 때문에 활시위 소리에 크게 놀랐을 것입니다. 그래서 화살을 피하겠다는 생각으로 갑자기 높이 날기 위해 세차게 움직이는 바람에 상처가 터진 것입니다. 그래서 떨어진 것입니다."

이 이야기는 전한 시대 유향이 편찬한 『전국책』에 나옵니다. 이 이야기를 읽고 외상 후 스트레스 장애를 떠올렸습니다. 이것은 생명을 위협할 정도의 극심한 스트레스(정신적 외상)를 경험한 후에 발생하는 심리적 반응입니다. '정신적 외상'이란 충격적이거나 두려운 사건을 당하거나 목격하는 것을 말합니다. 이런 외상들은 대부분 갑작스럽게 일어나고 경험하는 사람에게 심한 고통을 주며 일반적인 스트레스 대응 능력을 압도합니다. 사람은 심각한 사건을 경험하면 그 사건에 공포를 느낍니다. 그뿐만 아니라 이후에도 계속 재경험을 하면서 고통을 느끼고, 거기에서 벗어나려고 에너지를 소비하게 됩니다. 이 질환을 앓게 되면 정상적인 사회생활이 불가능해지기까지 합니다.

크고 작은 사건이 점점 많아져서 걱정입니다. 화재, 폭발, 침몰, 지진이 끊이지 않는 데다 가정 붕괴나 학교 폭력으로 대인관계가 단절되면서 외상 후 스트레스를 겪는 학생이 많아졌습니다. 이들은 활 소리만 나도 놀라서 떨어지기 쉽습니다. 본인 스스로 외상 후 스트레스에서 벗어나려는 노력이 절대적입니다. 그리고 외상 후 스트레스로 힘들어하는 사람을 돕기 위한 인적·물적 기반을 빨리 갖추어야 할 것입니다. 요즈음은 학교마다 전문 상담 교사가 계십니다. 하지만 이것만으로는 터무니없이 부족해보입니다. 우리 사회가 이 문제에 더 관심을 가져야 합니다. 여러분들이 활 소리에 놀라 떨어지는 새가 아니라 힘차게 날아가는 새가 되면 좋겠습니다.

머리와 꼬리의 다툼

뱀의 머리와 꼬리가 기세등등하게 서로 다투고 있었다.
머리가 주장했다. "내가 더 중요하다."
꼬리가 반박했다. "나도 마찬가지로 중요하다."
머리가 으르렁대며 말했다. "무슨 말이냐? 내겐 귀가 있어 들을 수 있고 눈이 있어 볼 수 있고 입이 있어 먹을 수 있어. 기어 다닐 때 내가 앞에 없으면 나갈 수가 없어. 너는 뭐 잘난 게 있니?"
꼬리가 비웃으며 말했다. "내가 기어 다니지 않으면 넌 꼼짝도 할 수 없을걸."
"말도 안 돼. 나는 네가 없어도 길 수 있어."
"좋아. 그럼 시험을 해보자."
그러고 나서 꼬리는 나무를 칭칭 세 번 감았다.
머리는 온 힘을 다해 앞으로 가려고 했지만 아무리 해도 기어갈 수 없었다. 하루가 지나고 이틀이 흘렀다. 배가 고파 몸과 마음이 극도로 지친 머리가 기진맥진한 목소리로 꼬리에게 말했다.

"어서 봐 줘. 너를 어른으로 모실 테니까."

꼬리는 그제야 나무를 풀었다.

머리가 말했다. "네가 어른이니까 네가 앞장 서는 게 마땅하겠지?"

"그래야 옳지." 꼬리가 의기양양하게 말했다.

그리하여 이 뱀은 꼬리를 앞으로 하고 거꾸로 기어갔다. 얼마 못 가 이 뱀은 활활 타는 불구덩이로 들어가 타 죽고 말았다.

4세기 초 중국의 승려 도략이 편집한 『잡비유경』에 실린 이야기입니다. 저는 이 이야기를 꼬리가 앞장서는 바람에 죽은 뱀 이야기가 아니라 머리와 꼬리가 제 역할을 하지 못해서 파멸에 이른 이야기로 받아들였습니다.

어떤 조직이든 머리와 꼬리, 으뜸과 버금이 있습니다. 그러나 머리와 으뜸은 중요하고 꼬리와 버금은 가치 없는 게 결코 아닙니다. 모든 구성원은 각기 맡은 일이 있으며 그 일은 모두 소중합니다. 구성원들이 상대방을 존중해주고 서로 힘을 모으면 모두 행복해집니다.

교실도 마찬가지입니다. 자신이 찬성한 회장이 아니라고 인정하지 않는 건 어리석은 행동입니다. 자기는 회장이므로 부회장보다 더 중요하다고 우쭐대는 건 졸렬한 짓입니다. 회장은 회장이어서 중요하고 부회장은 부회장이어서 중요하며 회원은 회원이므로 중요합니다. 회장은 회장답고 부회장은 부회장답고 회원은 회원답고 담임은 담임다워야 합니다. 그럴 때 모두가 행복한 세상이 열립니다.

진실한 마음으로 사람을 대하는 것만큼 사귐에서 더 중요한 건 없을 겁니다.

'차마' 거짓말하지 않는 진실함이

곧 인격의 바탕이자 진정한 사귐의 시작입니다.

3장

삶의 방법

천적

대형 아쿠아리움을 만들 때 일어난 일이라고 합니다. 아프리카에서 비싼 돈을 주고 물고기를 구입해 수조에 넣은 뒤 비행기로 실어 왔습니다. 먼 곳에서 온 데다가 공항을 통과하면서 검사를 하느라고 시일이 여러 날 걸렸습니다. 우리나라에 도착한 후에 수조를 열어보니 물고기들이 모두 죽어 있었습니다. 겉으로 드러난 외상은 없는데 모두 물에 둥둥 떠서 전혀 움직임이 없었습니다. 워낙 민감한 성질을 가진 물고기라서 조심한다고 했는데도 운송에 실패한 것이지요.

물고기 운송을 다시 진행했습니다. 지난번 실패를 거울삼아 수조의 온도와 습도를 정확하게 맞추었습니다. 운송 과정에서 흔들리지 않도록 특수 수조를 사용했습니다. 혹 비행기 엔진 소리로 물고기들이 스트레스를 받을까봐 방음도 했습니다. 수조

안에 먹이도 충분히 넣어주었습니다. 이만하면 완벽하게 준비한 셈입니다. 하지만 결과는 마찬가지였습니다. 물고기를 죽이지 않고 운송하는 일은 불가능해보였습니다.

아쿠아리움 쪽은 물고기 전문가를 찾아가 조언을 구하고 그대로 실행했습니다. 그 결과 물고기를 무사히 운송할 수 있었습니다. 몸뚱이가 심하게 훼손된 소수의 물고기를 제외하고는 대부분의 물고기가 건강하게 물 속을 헤엄쳐 다녔습니다. 물고기 전문가는 어떤 조언을 한 걸까요? 바로 수조에 물고기를 잡아먹는 천적(天敵)을 한두 마리 넣어 두라는 것이었습니다. 천적이 같은 수조 안에 있는 걸 알게 되면 물고기들이 잡아먹히지 않으려고 여기 저기 도망다니기 바쁩니다. 그러는 동안 오랜 운송 과정에 동반되는 흔들림과 소음이 주는 고통을 느끼지 못하게 된답니다. 천적을 만난 스트레스가 오히려 생존을 가능하게 한 셈이지요.

그러고 보면 천적은 나를 죽이기도 하지만 나를 살리기도 합니다. 그리고 천적은 우리가 전혀 예상하지 못한 존재이기도 하지요. 조병화 시인의 「천적」을 함께 읽어볼까요.

결국 나의 천적은 나였던 거다.

하지 않아도 되는 일

사람이 하는 일을 세 가지로 나누어볼까 합니다. 먼저 '해야 할 일'입니다. 이 행동은 흔히 도덕이나 혹은 역할이라고 불립니다. '마땅히 ~해야 한다'라는 틀에 넣었을 때 문장이 자연스럽게 성립되면 여기에 해당합니다. 빌린 돈 갚기, 부모님께 효도하기 등입니다. 경우에 따라서는 마음에 썩 내키지 않더라도 의무감으로 이 행동을 감내하기도 합니다. 이 행동은 내 선택일 수도 있고, 오랜 세월 옳다고 인정받은 행동일 수도 있습니다. 전자는 마음으로 허락해서 하는 행동이고 후자는 의무감으로 하는 행동입니다.

다음으로 '하면 안 되는 일'입니다. 앞에서 말한 것과 정반대되는 행위입니다. 범죄가 모두 여기에 포함됩니다. '~마라'는 형태로 우리에게 전해지는 이 항목은 질서 유지에 꼭 필요한 규율을 담고 있습니다. 하면 안 되는 일을 하면 처벌을 받습니다. 어떤 규정은 아니더라도 자신이 스스로 하지 않는 일도 있습니다. '차마' 거짓말을 하지 않는 경우가 여기에 해당합니다. 어린 동생을 속이는 일은 쉽습니다. 하지만 동생에게 '차마' 거짓말할 수는 없지 않나요?

마지막으로 '안 해도 되지만 하면 좋은 일'입니다. 예를 들어 볼게요. 시험 마지막 날에는 교실 전면에 걸어놓았던 시계를 원래 자리로 되돌려놓아야 합니다. 담당이 정해져 있지 않은 데다 책상을 오르내리는 귀찮은 일입니다. 하지만 누군가가 이 일을 하면 모두가 시계를 편리하게 이용할 수 있습니다. 봉사활동이나 기부 행위도 여기에 해당합니다. 길거리에서 추위에 떠는 할머니에게서 전단을 받아드는 행동도 안 해도 되지만 하면 좋은 일입니다.

자칫하면 마땅히 해야 할 일을 가지고 자신을 내세우기 쉽습니다. 참 어리석은 짓입니다. 그 일을 한 것은 최소한의 의무를 실천한 것에 불과합니다. 해야 할 일을 한 것보다 하면 안 되는 일을 하지 않은 것이 더 중요합니다. '해야 할 일'을 해서 쌓은 명성도 '하면 안 되는 일'을 하는 순간 모두 무너지기 때문입니다. 사회적 명성과 부를 쌓았다가 하면 안 되는 일에 손을 대는 바람에 망신살 뻗친 사람이 많습니다. 국회의원이나 법관이 검은돈을 만졌다가 쇠창살에 갇히고, 유명인사가 음주 운전이나 도박으로 망신당했습니다. '무엇과 무엇을 했다'도 중요하지만 '무엇은 하지 않았다'는 게 더 중요하다고 생각합니다.

일생(一生)에 사용된 날 생(生)은 땅에서 자라나는 풀을 그린 글자입니다. 문자의 기원으로 보면 이게 옳겠지만 어떤 이들은 이 글자를 소[牛]가 외나무다리[一] 위를 걸어가는 모습[生]이라고 받아들이기도 합니다. 육중한 몸을 가진 소가 외나무다리 위를 걸어가면 위태롭기 짝이 없습니다. 한 발만 잘못 딛는 날에는 여지없이 다리 아래로 떨어지고 말겠지요. 우리 일생도 이렇습니다. 제 아무리 훌륭한 일을 했더라도 해서 안 될 행동을 하는 순간에는 영락없이 다리 아래로 추락하는 신세가 되고 맙니다. 하지 말아야 할 행동은 어떤 경우에도 하지 않는 사람과 친구가 되어보세요.

기억과 망각

엄청난 기억력을 가진 사람들 이야기를 들어본 적이 있나요? 일본인 히데키 도모요리 씨의 일화는 놀라움 그 자체입니다. 원주율은 3.14159265358979323846264 3…… 이렇게 한없이 이어집니다. 저는 이것을 3.14까지만 기억합니다. 더 이상은 기억하기도 힘들고 설령 외웠다 해도 불과 몇 분 만에 모두 잊어버립니다. 그런데 히데키 씨는 이것을 무려 사만 자리까지 외웠습니다. 외우는 데 열일곱 시간이 걸렸다고 합니다.

러시아 인 솔로몬 셰레세프스키 씨 일화는 입을 다물지 못하게 합니다. 1920년대 초 어느 날 구소련의 저명한 심리학자인 알렉산드르 R. 루리야의 사무실에 솔로몬 셰레세프스키라는 신문기자가 찾아왔습니다. 그의 고민은 지나치게 기억을 잘한다는 것이었습니다. 그는 이름이건 숫자건 보는 대로, 듣는 대로 기억했습니다. 루리야 박사는 그가 보통사람들과 달리 단어와 숫자를 감각으로 받아들인다는 사실을 발견했습니다. 보통 사람과 달리 시각, 청각, 촉각, 및 후각 간의 경계선이 그에게는 존재하지 않았던 것입니다. 그는 기억에 따라 신체가 반응하는 사람이었습니다. 예컨대 칠판 가득 아무 연관이 없는 숫자들을 가득 적어놓아도 그는 한 번 휙 둘러보고 모두 기억했습니다. 더구나 그는 옛날에 얼음을 손에 쥐었던 기억을 떠올리기만 해도 왼손의 체온이 저절로 낮아졌습니다. 그 기억이 너무도 생생해서 신체가 저절로 반응했기 때문입니다. 놀라움은 여기서 그치지 않습니다. 얼음을 만졌던 생각을 하면서 한편으로 예전에 뜨거운 주전자를 만졌던 일을 떠올리면 오른손의 체온이 올라갔습니다.

이토록 놀라운 기억력을 타고난 셰레셰프스키 씨의 일생은 어떠했을까요? 세계적인 학자가 되어 노벨상을 수상했거나 그의 이름을 딴 과학 법칙을 생각해냈을까요? 아닙니다. 그는 이리저리 직업을 바꾸다가 결국 곡마단에서 기억술을 시범보이는 사람이 되었습니다. 남들은 그의 비상한 기억력에 감탄했지만 기억술 묘기 외에 그가 할 수 있는 일은 별로 없었습니다. 그는 독서조차 어려웠습니다. 책을 읽다가 '계단'이라는 낱말이 나왔다고 가정해볼까요? 그러면 그는 계단에서 넘어졌던 일, 계단에서 들었던 말 등 계단과 관련된 모든 기억이 떠올랐을 것입니다. 이 때문에 생각이 복잡해지고 마음마저 흔들려서 공부도, 독서도 할 수가 없었겠지요.

기억력은 매우 필요한 능력이고 특히 공부와 관련해서는 더없이 중요합니다. 하지만 일상에서는 그렇지 않을 때가 있습니다. 기억만 있고 망각이 없다면 행복할까요? 살다보면 이런저런 불편했던 일, 힘들었던 일을 겪습니다. 그런 힘겨움을 모두 머리 속에 저장하고 있다면 숨 쉬는 것 자체가 고통이겠지요. 기억과 망각은 동전의 양면과 같습니다. 이 두 가지가 조화를 이룰 때 편안해집니다. 기억력이 나빠서 공부한 내용을 금세 까먹는다고 속상했던 적이 있나요? 그렇다면 이제부터는 망각을 미워하기보다 잊어버린 내용을 한 번 더 들여다보는 건 어떨까요?

뒤에 남는 것

옛날 어떤 왕이 백성 중 한 명에게 심부름꾼을 보내 곧 왕궁으로 들어오고 알렸다. 그 사람에게는 세 명의 친구가 있었다. 그 중 한 명은 아주 친하게 지냈고, 두 번째 친구는 첫 번째 친구처럼 그렇게 친하게 지낸 사이는 아니지만 가까운 친구라고 생각했다. 세 번째 친구는 친구이기는 하지만 그다지 가까이 지내는 사이는 아니었다.

그 사람은 왕의 심부름꾼이 왔으므로 무엇인가 벌을 받을 거라고 짐작했다. 곰곰이 생각하던 그는 두려운 마음에 세 친구에게 같이 가 달라고 부탁하기로 했다. 평소 제일 친하게 지내던 친구에게 부탁을 했으나 그는 냉담하게 거절을 했다. 두 번째로 친하다고 생각했던 친구는 "왕궁 문 앞까지만 같이 가주겠네"라고 말했다. 그러나 대단치 않게 생각했던 세 번째 친구는 "같이 가세. 자네는 아무 잘못도 없을 테니 나와 함께 임금님을 만나러 가세나"라고 말했다.

『탈무드』에 실린 이야기입니다. 여기서 첫 번째 친구는 재산입니다. 재산은 죽을 때 가지고 갈 수 없습니다. 두 번째 친구는 친척입니다. 화장터까지만 같이 가줍니다. 마지막까지 같이 가는 세 번째 친구는 선행(善行), 즉 착한 행동입니다. 평소에는 눈에 잘 띄지 않지만 죽은 뒤에 남는 것은 선행뿐입니다.

옛말에 '호랑이는 죽어서 가죽을 남기고 사람은 죽어서 이름을 남긴다'고 했습니다. 역사에 이름을 남긴 사람이 매우 많습니다. 그중에 선행을 베푼 사람들이 가장 오래 기억됩니다.

남들에게 칭찬을 받으려고 하는 행동은 선행이 아닙니다. 생활기록부에 적으려고 하는 봉사가 진짜 봉사가 아닌 것과 같습니다. 참다운 선행과 봉사는 자신이 '그것을 한다'는 생각조차 없어야 합니다. '그다지 가깝게 지내는 사이가 아니었다'는 것은 이런 특징을 나타낸 말로 보입니다.

선행은 내가 가진 것을 나보다 더 어려운 사람, 나보다 헐벗은 사람에게 나누어주는 행위입니다. 옛 문헌에 '아랫사람의 것을 덜어 윗사람에게 더하는 것을 손(損)이라 하고 윗사람의 것을 덜어 아랫사람에게 더하는 것을 익(益)이라 한다'는 문장이 전합니다. 가난한 사람의 재물을 가져다 부자들에게 보태주는 것은 손해(損害)입니다. 부자가 가난한 사람들에게 재물을 나누어주는 것은 이익(利益)입니다.

여기 세 사람이 있습니다. 한 사람은 빈손이고 한 사람은 구슬 한 개를 가졌고 한 사람은 구슬 두 개를 가졌습니다. 두 개를 가진 사람이 빈손인 사람에게 하나를 나누어주는 게 가장 아름답습니다. 그런데 두 개를 가진 사람이 다른 사람이 가진 구슬마저 가져오려고 합니다. 이러니 갈등과 다툼이 그치지 않습니다. '만인이 만인에 대해 늑대'인 세상으로 변하는 것이지요. 내가 많이 갖는 것이 죄악은 아닙니다. 다만 내가 많이 가짐으로써 내 이웃이 가난해지는 게 문제입니다. 『대학』에 이런 구절이 담겼습니다.

> 재물이 소수에게 모이면 백성이 흩어지고 재물이 만인에게 흩어지면 백성이 모인다.
>
> 財聚則民散 財散則民聚 (재취즉민산 재산즉민취)

선행(善行). 여러분들이 죽은 뒤에도 남아서 여러분 이름을 빛내줄 친구입니다. 그와 친해지세요.

가장 행복한 사람

프랑스인 장 프랑수아 르벨은 철학자이자 프랑스 한림원 정회원입니다. 그는 언론인으로도 이름이 높았습니다. 그의 아들 마티외 르카르가 있었습니다. 아들은 서구 문명을 공부하고 세포 유전학 분야의 과학자로 우뚝 솟았습니다. 언론에서는 르카르가 장차 노벨 과학상을 수상하리라는 성급한 기대를 나타냈습니다.

그 기대는 아들이 갑자기 주변을 정리하고 티베트 승려가 되는 바람에 산산이 부서졌습니다. 아들이 출가한 지 이십 년쯤 지난 무렵 아버지가 티베트 산중으로 아들을 찾아갔습니다. 열흘간 머물면서 아들과 주고받은 대화를 기록한 책이 『승려와 철학자』입니다.

아버지는 장래가 촉망받던 아들이 과학자의 삶을 포기한 것이 못내 아쉬웠나봅니다. 그가 아들에게 과학자와 구도자의 삶을 모두 추구하면 되지 않았느냐고 물었습니다. 낮에는 연구실에서 과학 실험에 몰두하고 밤에 집에 돌아와 명상을 즐기면 된다는 게 아버지 생각이었습니다. 아들의 대답 중에 이런 말이 나옵니다.

"두 개의 의자에 앉아 있을 수 없고, 양끝이 뾰족한 바늘로는 바느질을 할 수도 없다는 생각이 들었어요."

어떻게 사는 게 잘 사는 삶인지는 사람마다 생각이 다르겠지요. 다만 자신이 가치 있다고 믿는 삶을 선택해서 거기에 집중할 때 인간은 행복해집니다. 마지못해 출퇴근하면서 살아가는 회사원보다 소신껏 빵을 만들어 파는 동네 빵집 사장님이 더 행복한 것도 이 때문이겠지요. 이런 사람들일수록 다른 사람의 삶을 기웃거리거나 무얼 해서 돈을 더 벌까 궁리하지 않습니다. 오직 한 가지 일에 자기 삶을 쏟는 혼신의 노력을 기울입니다. '옷칠 하는 사람은 화려한 색으로 그림을 그리지 않는다'는 말도 이런 삶의 자세를 옹호하는 발언입니다. 르카르도 마찬가지였습니다. 그는 아버지에게 승려가 된 것을 단 한 번도 후회한 적이 없다고 고백했습니다.

아버지는 아들에게 사랑하는 가족과 눈부신 현대 문명, 남부러울 것 없는 명성을 포기하고 승려가 된 이유를 물었습니다. 또한 육체와 정신, 자비와 비폭력, 선과 악, 삶과 죽음 등 철학, 종교적 문제뿐 아니라 안락사, 인종 갈등, 유전자 복제 등 현대의 쟁점까지 넘나들며 깊이 있는 질문을 던졌습니다. 그러자 아들은 심오한 사고와 적합한 비유가 어우러진 답변을 내놓았습니다. 그러면서 아들은 "생물학과 물리학이 생명의 기원과 우주의 형성에 관하여 놀랄 만한 지식을 낳은 것은 사실이지만, 그것들이 행복과 고통의 근본적인 메커니즘을 구원할 수 있는가"라고 되물었습니다.

르카르는 2012년 한국을 방문했습니다. 그때 그는 이런 말을 남겼습니다.

"사는 동안 줄곧 세속적인 목적만을 추구한다면 행복에 도달할 가능성은 없습니다. 마치 물이 모두 말라버린 강에 그물을 던지는 것과 같죠. 행복은 마음속에서 만드는 것입니다. 단지 기분이 좋은 상태가 아니라 나의 진짜 본성과 삶이 조화를 이루게 하는 것, 그것이 행복입니다. 인간은 누구나 그렇게 할 수 있는 잠재력을 지니고 있습니다."

르카르는 미국 위스콘신대학교에서 임상시험을 한 결과 긍정적 감정과 관련된 뇌의 전전두피질 활동 수치가 일반인보다 훨씬 높은 것으로 측정되었습니다. 위스콘신대학교는 그에게 현대과학으로 증명할 수 있는 한 '가장 행복한 사람'이라는 수식어를 부여했습니다. 세상에서 가장 행복한 사람이 남긴 말 한마디를 더 소개합니다.

"현대인들은 자기가 자기 마음을 움직일 수 있다는 걸 믿지 않는 것 같아요."

절굿공이와 바늘

『열자』「탕문」에 나오는 이야기입니다.

옛날, 중국 북산에 구십 세 노인 우공(愚公)이 태행산과 왕옥산 사이에 살고 있었습니다. 이 산은 사방이 칠백 리, 높이가 만 길이나 되는 큰 산으로, 북쪽이 가로막혀 교통이 불편했습니다. 우공이 어느 날 가족을 모아놓고 말했습니다. "저 험한 산을 평평하게 하여 예주(豫州)의 남쪽까지 곧장 길을 내는 동시에 한수(漢水)의 남쪽까지 갈 수 있도록 하겠다. 너희들 생각은 어떠하냐?" 모두 찬성했으나 그의 아내만이 반대했습니다. "당신 힘으로는 조그만 언덕 하나 파헤치기도 어려운데 어찌 이 큰 산을 깎으려는 겁니까? 또, 파낸 흙은 어찌하시렵니까?" 우공은 흙은 발해(渤海)에다 버리겠다며 세 아들과 손자들까지 데리고 돌을 깨고 흙을 파서 삼태기와 광주리 등으로 나르기 시작했습니다.

황해 근처에 사는 지수라는 사람이 그를 비웃었습니다. 우공(愚公)은 "내 비록 앞날이 얼마 남지 않았으나 내가 죽으면 아들이 남을 테고 아들은 손자를 낳고…… 이렇게 자자손손 이어가면 언젠가는 반드시 저 산이 평평해 질 날이 오겠지"라고 태연하게 말했습니다. 한편 두 산을 지키는 뱀신[蛇神]이 자신들의 거처가 없어질 형편이라 천제에게 달려가 산을 구해달라고 호소했습니다. 천제는 우공의 우직함에 감동하여 두 산을 하나는 삭동에, 또 하나는 옹남에 옮겨놓게 했다고 합니다.

이 이야기에서 우공이산(愚公移山)이라는 말이 생겨났습니다. 우공이 산을 옮긴다는 뜻으로, 어떤 일이든 끊임없이 노력하면 반드시 이루어짐을 이르는 말입니다.

당나라를 대표하는 시인 이백(701~762)은 성격이 진솔하고 호방하며 술 마시며 놀기 좋아했습니다. 젊었을 때 사천성의 상이산에서 공부했는데 싫증이 나서 중도에 포기해버렸습니다. 이백은 산을 내려오다가 쇠 절굿공이를 갈고 있는 할머니를 보았습니다. 그는 호기심에 무엇을 하시느냐고 물었습니다. 할머니는 쇠공이를 갈아서 바늘을 만들려 한다고 대답했습니다. 이 말을 듣고 이백은 할머니의 굳은 의지에 크게 느낀 바가 있어 오던 길을 되돌아가 학문에 정진했습니다.

이로부터 철저마침(鐵杵磨鍼)이라는 말이 생겼습니다. '쇠공이를 갈아서 바늘을 만들다'라는 뜻으로, 한마음으로 노력하면 아무리 힘든 목표라도 달성할 수 있음을 의미합니다. 우공과 이백은 너무 오래 전 사람이라 마음에 와 닿지가 않나요?

2015년 9월 언론에 보도된 내용입니다. 1950년대 인도 시골 마을의 청년 다시랏 만지는 어여쁜 아내를 맞아 신혼의 단꿈에 젖어 있었습니다. 어느 날 아내가 험한 산길에서 미끄러져 다쳤는데 험준한 산에 가로막혀 병원에 가지 못해 숨지고 말았습니다. 만지는 다시는 이런 일이 되풀이되지 않게 하겠다며 망치와 정을 들고 산을 깎기 시작했습니다. 그는 새벽 네 시에 일어나서 산을 깎고 생계를 위해 농사를 지은 뒤 어두워질 때까지 또 다시 산을 깎기를 반복했습니다. 무려 이십이 년 동안 홀로 망치와 정만으로 산을 깎은 결과 길이 백십 미터, 폭 팔 미터짜리 길이 생겼습니다. 마을에서 병원까지의 거리는 기존 오십오 킬로미터에서 십오 킬로미터로 줄었습니다. 그가 만든 길 덕분에 마을 주민들은 병원과 학교에 편하게 다닐 뿐 아니라 젊은이들은 직업 훈련도 받을 수 있게 되었습니다.

인간은 의지를 지녔으며 그 의지가 때때로 우리 능력을 뛰어넘는 결과를 낳습니다. 앞에 소개한 것도 그런 사례들이지요. 의지는 '불가능'을 '가능'케 합니다. 의지가 없는 이가 '불가능하다'

는 일을 의지를 지닌 사람은 '어렵다'라고 말합니다. 그러고는 오랜 세월 그 일에 몰입하여 마침내 실현해냅니다. 불가능한 것과 어려운 것은 다릅니다. 어렵다고 해서 모두 불가능하지는 않습니다. 의지는 불가능과 어려움을 구분하는 잣대입니다.

시종(始終)과 종시(終始)

모든 일에는 시작과 끝이 있습니다. 물론 인간의 생애도 그러합니다. 시작되는 날이 있고 끝마치는 날이 있습니다. 처음과 끝, 혹은 처음부터 끝까지를 가리켜 시종(始終)이라고 합니다. 시종일관(始終一貫)은 '일 따위를 처음부터 끝까지 한결같이 함'을 의미합니다. 예로부터 사람이 지녀야 할, 그러나 지키기 어려운 덕성으로 칭송되었습니다. 무슨 일이든 처음에는 잘하려고 들지만 날이 갈수록 시들해지고 나태해지는 일이 잦기 때문에 시종일관을 유지한다는 게 쉬운 일이 아닙니다.

우리는 어떤 일을 할 때 '처음부터 끝까지'만을 생각하는 일이 많습니다. 이것이 나쁜 일은 아닙니다. 하지만 처음부터 끝까지만 생각하는 자세보다 그 일이 끝난 후에 어떤 일이 시작될까를 고민하는 태도가 더 중요합니다. 이것을 가리켜 종시(終始)라고 합니다. 시종(始終)이 주로 '처음과 끝'이나 '시작에서 끝'까지를 의미한다면 종시(終始)는 시종에다 '돌아서 다시 시작한다[周而復始]'는 순환적 반복까지 포함합니다.

인생과 관련지어볼게요. 시종은 내가 태어나서 죽을 때까지를 가리킵니다. 이것은 내가 죽음으로써 모든 것이 끝났다는 생각을 갖게 합니다. 종시는 내가 죽은 다음에 새롭게 시작되는 것에 의미를 부여하는 사고방식입니다. 내가 죽은 후에 새로운 생명을 얻는 사람들, 새롭게 시작되는 일이 어떻게 될지 고민하는 태도입니다.

시종은 자기를 남과 분리하는 개체주의적 사고를 반영합니다. 자기 삶의 처음부터 끝까지만을 생각하는 사고방식입니다. 그래서 자기 삶의 가치를 높이는 데는 부족한 점이 많습니다. 반면에 종시는 나와 후세 사람의 삶이 연결되어 있음에 주목합니다. 내 삶이 끝나고부터 다른 사람의 삶이 시작된다고 믿는 사고방식입니다. 자기 삶을 다른 사람과 연결 지어 생각한다는 점에서 매우 값집니다.

예를 하나 들어볼게요. 새 학기가 되어 새로 배정받은 교실에 들어갔습니다. 이 교실은 불과 몇 시간 전까지 수십 명의 학생들이 사용하던 공간입니다. 그들은 여기를 '우리 교실'이라고 아끼면서 다른 반 학생이 함부로 못 들어오게 했습니다. 새로운 교실에 들어가보면 거기서 생활했던 학생들이 어떤 사람이었는지 금방 압니다. 한 학년이 끝나는 날 이제부터 여기는 우리 교실이 아니라고 어질러놓고 떠난 반이 있습니다. 반면에 내일부터 이 교실을 사용할 후배들을 생각해서 깔끔하게 청소해놓은 반도 있습니다. 이들을 같다고 할 수 있을까요?

종시는 자기와 다른 사람이 연결되어 있다는 생각에서 비롯됩니다. 이 단순한 생각이 모두를 행복하게 합니다. 삶과 죽음이 공존하는 전쟁터 같은 곳에서는 더더욱 그렇습니다. 이런 일화가 전해집니다. 한바탕 전투를 치르고 났을 때 큰 부상을 당한 병사가 물을 애타게 찾았습니다. 유일하게 물을 조금 갖고 있던 군목(軍牧)이 그에게 수통을 건넸습니다. 부상병은 물을 마시려다 소대원들이 모두 자기를 바라보고 있는 것을 알았습니다. 소대원들도 목이 타기는 마찬가지였을 것입니다. 부상병은 목이 타는 것을 가까스로 참고 수통을 소대장에게 주었습니다. 소대장은 수통을 입에 대고 큰 소리를 내면서 물을 마시고는 수통을 부상병에게 돌려주었습니다. 부상병이 보니 수통 안의 물은 조금도 줄어들지 않았습니다. 부상병은 소대장의 뜻을 알아차렸습니다. 그도 소대장처럼 수통에 입을 대고 꿀꺽꿀꺽 소리를 내며 물을 맛나게 마셨습니다. 그러고 나서 수통을 다른 병사에게 주었습니다. 이런 식으로 소대원이 모두 꿀꺽꿀꺽 물을 마셨습니다. 수통에 든 물은 처음 그대로였습니다. 그렇지만 이제 갈증을 느끼는 사람은 아무도 없었습니다.

우리 모두가 종시를 마음에 새기고 생활하면 좋겠습니다. 그러면 사소한 물건 하나, 이름 없는 풀꽃 한 송이도 함부로 대하지 않을 테니까요. 세상의 모든 이들이 종시를 잊지 않는다면 함께 웃을 일이 많아질 겁니다. 내가 다른 사람과 연결되어 있다는 믿음이 강해질수록 더더욱 행복해집니다.

심허(心許)

억지로 하는 일보다 고달픈 것은 없고 하고 싶어서 하는 행동보다 즐거운 일이 없습니다. 억지로 걷는 길은 열 걸음도 죽을 맛이지만 스스로 걷는 길은 사막을 횡단해도 즐거운 법입니다. '평안감사도 저 싫다면 그만'이라는 속담이 있습니다. 평안감사만이 아닙니다. 왕의 지위도 제 마음이 내키지 않으면 오르기 싫어지기 마련입니다. 인간은 자기 마음이 내키는 일을 할 때 비로소 행복을 느낍니다.

계찰(기원전 620~561)은 춘추 시대 오나라 왕 수몽의 넷째 아들입니다. 계찰이 아버지 명령에 따라 사신이 되어 다른 나라를 방문하게 되었습니다. 그때 북쪽 지방을 지나가다가 서(徐)나라에 들러 왕을 만났습니다. 서나라 왕은 계찰이 지닌 보검을 보고 첫눈에 반했습니다. 그는 계찰에게 보검을 주면 다른 명검을 주겠다고 했습니다. 계찰은 이렇게 대답했습니다.

"마땅히 전하께 드려야 할 것이옵니다. 하오나 제가 여러 지방을 지나야 하는데 이 칼은 제게 익숙한 것이어서 제 몸을 보호하는 데 꼭 필요합니다. 드리지 못함을 용서하소서."

왕은 공연히 어려운 부탁을 해서 마음을 어지럽혔다며 사과했습니다. 계찰은 서나라를 나왔고 자신에게 주어진 임무를 모두 마쳤습니다. 그 후 자기 나라로 돌아가는 길에 서나라에 들렀습니다. 계찰에게 칼을 달라던 왕은 이미 죽고 없었습니다. 계찰은 수행원을 데리고 왕의 무덤에 가서 예를 갖추었습니다. 그러고는 자기 칼을 풀어 무덤가 나무에 걸어두었습니다. '계찰이 보검을 걸어놓아 신의를 지키다'라는 뜻의 계찰계검(季札繫劍)이라는 고사성어는 여기서 유래되었습니다.

계찰의 행동을 이상하다고 여긴 시종이 왕이 이미 죽었는데 왜 보검을 나무에 걸어 두느냐고 물었습니다. 계찰이 이렇게 말했습니다.

"그렇지 않다. 처음에 내가 마음속으로 이미 보검을 주겠노라고 허락하였다. 그가 죽었다고 하여 어찌 내 마음을 배반할 수 있겠는가."

이 이야기는 『사기』 「오태백세가」에 실려 전합니다. 여기서 심허(心許)라는 단어가 생겼습니다. 심허(心許)는 신의를 중히 여겨 말로 약속하지 않았더라도 마음속으로 허락한 일은 꼭 지키는 태도를 의미합니다. 계찰에게 가장 중요한 것, 그가 가장 중시한 것은 바로 '마음'이었습니다. 지위가 높든 낮든 부유하든 가난하든, 누구나 갖고 있고 또 누구에게도 빼앗을 수 없는 게 마음입니다. 계찰의 일화는 마음이 가장 중요하다는 사실을 상기시킵니다. 아버지가 자식들 가운데 가장 현명했던 계찰에게 왕위를 물려주려고 했지만 그는 형들을 제치고 왕이 될 수 없다며 끝까지 거절했습니다. 자신이 왕이 된다는 걸 마음으로 허락할 수 없었던 것입니다. 저는 여러분들이 자기 삶을 마음으로 허락하면 좋겠습니다. 그럴 때 비로소 살맛이 납니다.

반구저기(反求諸己)

저는 옛날 사람들이 즐긴 활쏘기에 매력을 느낍니다. 활쏘기는 다른 사람을 탓하지 않습니다. 활을 잘 쏘거나 못 쏘는 것은 모두 자신에게 달려 있습니다. 내가 호흡을 조절하지 못하면 화살은 빗나갑니다. 바람 방향과 세기를 잘못 읽으면 과녁을 맞히지 못합니다. 다른 사람 때문에 못 맞힌 게 아니라 모두 내 탓입니다. 나보다 잘 맞힌 사람을 원망할 이유가 없는 게 활쏘기의 매력입니다.

일을 그르치면 다른 사람을 원망하려는 마음이 듭니다. '잘되면 제 탓 못되면 조상 탓'이라는 속담은 일이 안 될 때 그 책임을 남에게 돌리는 태도를 비유적으로 이르는 표현입니다. 남 탓을 하지 않고 자기에게서 잘못을 찾은 사람의 이야기를 소개할게요.

우임금이 하나라를 다스릴 때, 유호씨(有扈氏)가 군사를 일으켜 쳐들어왔습니다. 우임금이 아들 백계(伯啓)에게 군대를 이끌고 가서 싸우게 했는데 지고 말았습니다. 백계의 부하들이 패배를 인정할 수 없다며 다시 싸우자고 주장했습니다. 그러나 백계는 "나는 유호씨에 비하여 병력이 적지 않고 근거지가 적지 않거늘 결국 패배하고 말았다. 이는 나의 덕행이 그보다 못하고, 부하를 가르치는 방법이 그보다 못하기 때문이다. 그러므로 나는 먼저 나 자신에게서 잘못을 찾아 고쳐 나가도록 하겠다"라며 싸우지 않았습니다.

이후 백계는 더욱 분발했습니다. 날마다 일찍 일어나 일을 했고 검소하게 생활했으며 백성을 아끼고 품덕이 있는 사람을 존중하였습니다. 이렇게 일 년이 지나자 유호씨도 그 사정을 알고 감히 침범하지 못하였을 뿐 아니라 결국에는 백계에게 감복하여 귀순하였습니다.

이런 고사에서 생겨난 말이 일이 잘못 되었을 때 원인을 자기에게서 찾는다는 반구저기(反求諸己)입니다. 반구저기와 유사한 표현으로 『논어』「위령공」에 "군자는 허물을 자기에게서 구하고, 소인은 허물을 남에게서 구한다(君子求諸己, 小人求諸人)"라는 구절이 보입니다. 허물을 자기에게 돌리는 자세는 옛사람들이 매우 중요하게 여기던 덕목이었습니다. 이와 비슷한 내용이

『맹자』「이루 상」에도 나타납니다. "행하여도 얻지 못하거든 자기에게서 잘못을 구할 것이니, 자기 몸이 바르면 천하가 돌아올 것이다."

수업 시간에 열심히 설명했는데 정작 학생들이 이해하지 못하면 속상하고 때로는 화가 납니다. 그런데 나중에 보면 학생들 잘못이 아니었습니다. 제 공부가 부족한 게 원인이었습니다. 좀 더 공부했다면 쉽게 설명했을 테고 학생들 마음도 훨씬 가벼웠을 것입니다. 이런 사실을 알고서 혼자 부끄러워 쩔쩔맨 기억이 납니다.

다른 사람을 탓하지 않는 자세를 강조하는 사고방식은 서양 사람들도 마찬가지였습니다. 『이솝 우화』에 나오는 내용입니다.

> 어떤 사람이 집에 영웅 상(像)을 모셔두고 재물을 풍성하게 바쳤다. 계속해서 그의 씀씀이가 헤프고 재물에 큰돈을 들이자 밤에 영웅이 나타나 그에게 말했다. "여보게, 이제 재산을 그만 낭비하게나. 다 쓰고 나서 가난해지면 자네는 나를 탓할 게 아닌가!"

자신이 어리석어서 불행해진 것인데 다른 사람을 탓하기 쉽습니다. 그럴수록 더 불행해집니다. 동아리 친구들끼리 서로 상대방을 탓하면 그 동아리는 해체됩니다. 부부가 서로 탓하면 이혼합니다. 부모와 자식이 서로 탓하면 대화가 단절되기 마련입니다. 경영자와 노동자가 서로 네 탓이라며 다투면 회사의 앞날이 어둡습니다. 이것도 『이솝 우화』에 나오는 내용입니다.

> 참나무들이 제우스에게 불평했다. "우리가 지금까지 살아 있는 것도 다 쓸데없는 짓입니다. 우리는 다른 어떤 나무보다 도끼에 찍힐 위험성이 높기 때문입니다." 제우스가 말했다. "너의 불행은 너희 자신의 책임이다. 너희가 도끼자루를 대주지 않고 목공과 농사에 쓸모없어진다면 도끼가 너희를 베는 일은 없을 테니 말이다."

반구저기하는 태도를 강조하는 이야기가 자주 나오는 이유는 우리가 그러지 못하는 일이 많기 때문이겠지요. 어진 사람의 마음가짐은 활 쏠 때와 같습니다. 활 쏘는 사람은 자기를 바로잡은 뒤에 쏘지만 적중하지 않더라도 자기를 이긴 사람을 원망하지 않고 돌이켜 자기에게서 원인을 찾습니다. 마음속으로 활을 쏘아보세요. 꼭 명중하기를 응원합니다.

성기성물(成己成物)

여러분들은 일 년에 네 번이나 정기 고사를 치릅니다. 그리고 그 성적은 상대평가로 나타납니다. 이렇다 보니 친구를 경쟁자로 여기는 마음이 자랍니다. 이런 경쟁의식이 암암리에 우리 의식을 지배합니다. 경쟁이 나쁜 것만은 아닙니다. 하지만 극한 경쟁은 우리를 불행하게 만듭니다. '피로 사회'에 짓눌린 사람들이 행복하기를 바라는 것은 거북 등에서 털 구하기와 다르지 않습니다. 지나친 경쟁심에 짓눌린 여러분에게 선물하고 싶은 말이 성기성물(成己成物)입니다. 이 말은 나를 이룸과 남을 이룸은 함께 이루어진다는 뜻입니다. 나를 완성하는 일과 남을 완성하는 일은 맞물려 이루어집니다. 남을 이루게 하는 것이 나를 이루는 길입니다.

여기서 말하는 남[物]이 다른 사람만 가리키는 건 아닙니다.

‘남’에는 다른 사람은 물론 나무와 풀벌레, 흘러가는 강물, 애완동물 등 우리와 함께 있는 존재는 모두 포함됩니다. 성기성물은 삭막해진 인간관계를 극복하고 파괴된 자연환경을 복원하려는 생각의 바탕이 됩니다.

성기성물하려면 공경(恭敬)하는 마음가짐이 꼭 필요합니다. 하나씩 나누어서 접근해볼게요. 공(恭)은 함께[共] 하는 마음[心]을 뜻합니다. 함께 하려면 자신을 낮추어야 합니다. 즉 공손(恭遜)해야 합니다. 공경할 경(敬)은 꿇어앉은 사람을 그린 구(苟)와 손에 몽둥이를 든 모습을 나타낸 복(攵)을 더하여 만든 글자입니다. 이로부터 경(敬)은 여러 가지 욕망을 억제하여 언제나 경건(敬虔)한 자세를 유지하려는 마음가짐을 의미하게 되었습니다. 요약하자면 공(恭)은 상대방[物]을 높이는 마음이고, 경(敬)은 자기[己]를 낮추는 마음입니다. 이 두 마음을 간직할 때 비로소 남과 내가 함께 완성됩니다.

생각이 얕으면 자기만 잘 살면 된다고 믿습니다. 주변에서 살아가는 가난한 사람들을 외면합니다. 그들이 있어서 내가 있고, 그들과 내가 함께 살아야 한다는 진리를 잊으면 거만해집니다. 폐휴지 줍는 노인이라고 여기면 함부로 대하게 됩니다. 반면에 우리 동네 할머니라는 사실을 인식하면 손수레를 밀어 드리겠다는 마음이 자라납니다. 사람은 더불어 살아가는 존재이므로 내 이웃의 불행이 나의 불행입니다. 『이솝 우화』에 나오는 이야기 한 토막을 빌려올게요.

> 어떤 사람에게 말과 당나귀가 있었다. 하루는 길을 가면서 당나귀가 말에게 말했다. "내가 살기를 바란다면 제발 내 짐을 조금만이라도 덜어주게나!" 말은 모른 척 외면했다. 그러다가 당나귀가 과로로 쓰러져 죽었다. 그러자 주인은 당나귀가 지던 물건을 말 등으로 옮기더니 당나귀의 가죽까지 얹었다. 말이 탄식하며 말했다. "아아, 참으로 비참하구나. 이게 대체 무슨 고생이람! 작은 짐도 지지 않으려다가 이렇게 몽땅 지게 되었으니. 게다가 가죽까지!"

네팔에서는 이런 일이 있었다고 전해집니다. 모진 추위가 기승을 부리던 날, 두 사람이 산길을 걷다가 눈 위에 쓰러져 신음하는 노인을 발견했습니다. 한 사람이 노인을 그냥 두고 가면 얼어죽을 테니 함께 가자고 말했습니다. 하지만 동행인은 그러다가 우리마저 얼어죽을 거라며 먼저 가버렸습니다. 사내는 노인을 들쳐 업고 길을 걷기 시작했습니다. 동행자는 저만치 가버려 보이지 않았고 혼자 노인을 업고 가느라 당장이라도 쓰러질 것만 같았습니다. 한겨울인데도 몸에서 땀이 비오듯 흘렀습니다. 더운 기운이 끼쳐서인지 등에 업힌 노인이 차츰 의식을 되찾았습니다. 두 사람은 체온을 나누면서 마을 입구에 다다랐습니다. 그들은 그곳에서 꽁꽁 언 채 죽어 있는 사람을 발견하고 소스라치게 놀랐습니다. 그는 혼자서 먼저 갔던 사람이었습니다. 다른 사람과 체온을 나누지 못했기 때문에 얼어죽은 것입니다.

다른 사람과 나는 둘이 아닙니다. 그리고 이런 믿음은 오래전부터 우리에게 무척 친숙한 가치관이었습니다. 그 믿음을 잃어서 마음이 아립니다. 장흥효(1564~1633) 선생은 『일기요어』에 이런 기록을 남겼습니다.

> 나는 많기를 바라고 다른 사람이 적기를 바라는 것은 곧 '나'가 있기 때문이다. 내가 없어진다면 누구는 많기를 바라며 또한 누구는 적기를 바랄 것인가. 자신이 이기기를 바라고 남이 지기를 바라는 것 또한 내가 있기 때문이다. 내가 없다면 누구는 이기기를 바라며 누구는 지기를 바랄 것인가. (…) 나 또한 저 사람이고 저 사람이 또한 나이니 무엇을 뽐낼 것이 있겠으며, 나 또한 하늘이며 하늘 또한 나이니 무엇을 탓할 것이 있겠는가.

능히, 감히, 차마

옛이야기 속에는 거짓말이 자주 등장합니다. 「선녀와 나무꾼」에서 나무꾼은 선녀의 옷을 감추고는 모른 척 거짓말을 해서 선녀를 아내로 맞습니다. 「별주부전」에서 자라는 토끼를 용궁으로 데려가려고 거짓말을 늘어놓습니다. 이처럼 옛이야기에서부터 빈번히 거짓말이 등장하는 건 그만큼 우리의 일상이 거짓말의 유혹에 둘러싸여 있다는 방증입니다. 자신의 무지가 폭로당하는 게 싫어서, 궁색한 처지에서 벗어나고 싶어서, 거절하기 싫은 부탁을 들어주자니 마음이 내키지 않아서 우리는 거짓말을 합니다.

때로는 좋은 뜻이나 착한 마음으로 거짓말을 하는 경우도 많습니다. 흔히 착한 거짓말이라고 하지요. 의사가 난치병 환자에게 삶의 희망을 주기 위해 완치될 수 있다는 거짓말을 하는 경우가 대표적이겠지요. 고등학교 마지막 여름방학을 보내고 나서, 이제부터 공부하면 원하는 대학에 갈 수 있겠느냐고 묻는 학생에게 교사가 사실대로 말하기는 어렵습니다.

그렇다고 우리가 언제나 거짓말을 하는 건 아닙니다. 자신에게 불리한 상황이 닥칠지라도 진실을 말할 때도 있습니다. 다음과 같은 세 가지 상황이 그럴 것입니다. 먼저 '능히' 거짓말을 못하는 경우입니다. 자기 능력으로 상대방을 속일 수 없는 경우입니다. 어린아이가 엄마에게 거짓말을 하고 금세 들키는 상황이 그렇습니다. 자신보다 능력이 뛰어난 사람을 능히 속일 수는 없는 법입니다.

다음으로는 '감히' 거짓말을 못하는 때도 있습니다. 거짓말이 탄로 날 경우 목숨이 위험해지는 상황이라면 함부로 거짓말하기가 힘들 겁니다. 사극에서는 임금이 신하들에게 역정을 내며 추궁하고, 신하가 벌벌 떨며 사실을 토로하는 장면이 자주 나옵니다. 진실을 말해서 차라리 몇 년 유배 가는 게 현명하지, 금방 들킬 거짓말로 목숨을 잃고 싶은 사람은 없지 않았을까 싶습니다.

마지막으로 '차마' 거짓말을 못할 수도 있습니다. 거짓말을 상대방이 알아차리지 못할 게 분명하고 그 거짓말로 얼마간의 이득이 생길 수도 있지만 거짓말하지 않는 경우입니다. 부끄러움이 앞설 때입니다. 여러분 대부분은 부모님이나 선생님에게 거짓말을 잘하지 않으리라 생각합니다. 속일 만한 능력이 없거나 목숨을 잃을 위험 때문은 아닐 겁니다. 부끄러움과 양심이 '차마' 거짓말을 하지 못하도록 여러분을 제어하고 있기 때문 아닐까요?

진실한 마음으로 사람을 대하는 것만큼 사귐에서 더 중요한 건 없을 겁니다. '차마' 거짓말하지 않는 진실함이 곧 인격의 바탕이자 진정한 사귐의 시작입니다.

충서(忠恕)

자기가 원하지 않는 일을 남에게 하지 마라.

己所不欲 勿施於人(기소불욕 물시어인)

『논어』「위령공」에 실린 문장입니다. 내가 싫어하는 일은 다른 사람도 싫어합니다. 그러므로 내가 꺼리는 일은 다른 친구에게 시키거나 맡겨도 안 됩니다. 충서(忠恕)는 이런 태도를 집약해서 보여줍니다.

충(忠)은 '선한 마음을 다하는 태도'입니다. 사람은 본래 선한 본성을 갖고 태어납니다. 그 본성을 자신이 할 수 있는 한 최선을 다해서 발휘하는 자세가 충입니다. 또한 충은 아래 사람에게 대우받기 바라는 그대로 윗사람을 섬기는 행위입니다. 이는 '임금에게 바치는 충성'만을 의미하는 게 아니라 부모님, 선생님,

형제, 친구 등 주변의 모든 사람을 대하는 태도를 가리킵니다.

서(恕)는 남을 나와 같다[如]고 여기는 마음[心]입니다. 다른 사람이 겪는 아픔을 내 것으로 여기고 함께 슬퍼하는 마음을 가리킵니다. 정서가 메마른 사람들은 공감 능력이 많이 부족합니다. 자기와 관련된 문제는 악착같이 챙기려 들지만, 남의 아픔은 나 몰라라 하기 쉽습니다. 내 집에 불 난 게 아니라면, 우리 밭에 홍수가 들이닥친 게 아니라면 나는 알 바 없다는 식으로 반응합니다. 서는 이와 반대되는 마음가짐입니다. 이런 점에서 서는 '자기 마음을 타인에게 확장하는 태도'를 의미합니다.

옛사람들은 서를 실천하는 방법으로 추기급인(推己及人)을 강조했습니다. '자기 처지를 미루어 다른 사람의 형편을 헤아린다'는 뜻입니다. 우리 속담에 '제 배 부르면 남이 배고픈 줄 모른다'는 말이 있지요. 이 속담과 반대되는 의미를 담은 말입니다. 『안자춘추』에 이런 이야기가 전합니다.

> 중국 춘추 시대 제나라에 사흘 동안 큰눈이 내렸습니다. 제나라의 경공(景公)은 따뜻한 방 안에서 여우털로 만든 옷을 입고 눈에 덮인 경치의 아름다움에 흠뻑 빠져 있었습니다. 그는 눈이 계속 내려서 온 세상이 더욱 깨끗하고 아름다워지기를 바랐습니다. 그때 재상인 안자가 경공의 곁으로 다가와 창문 밖 가득

쌓인 눈을 말없이 바라보았습니다. 경공은 안자 역시 설경에 도취되어 흥취를 느낀다고 생각했습니다. 그래서 조금 들뜬 목소리로 "올해 날씨는 이상하군. 사흘 동안이나 눈이 내려 땅을 뒤덮었건만 마치 봄날씨처럼 따뜻한 게 조금도 춥지 않아"라고 말했습니다. 안자는 경공의 여우털 옷을 물끄러미 바라보더니 정말로 날씨가 춥지 않은지 되물었습니다.

경공은 안자가 왜 그렇게 묻는지 그 의미를 되새겨볼 생각도 않고 그저 웃기만 했습니다. 안자는 정색을 하고 말했습니다. "옛날의 현명한 군주는 자기가 배불리 먹으면 누군가가 굶주리지 않을까 염려하고, 자기가 따뜻한 옷을 입으면 누군가가 얼어죽지 않을까 걱정했으며, 자기 몸이 편안하면 또 누군가가 피로해 하지 않을까 늘 우려했다고 합니다. 그런데 경공께서는 다른 사람을 전혀 배려하지 않으시는군요." 경공은 부끄러워 아무 말도 못했습니다.

결국 충은 자기 자신과 관계되고 서는 다른 사람과 관계되는 태도입니다. 충서는 유교를 대표하는 기본 윤리입니다. 이것은 '다른 사람이 나를 대해주기를 바라는 그대로 다른 사람을 대해주라'고 말하는 게 아닙니다. 충서는 '나와 관계 맺고 있는 모든 사람이 나를 대해주기를 바라는 그대로 나와 관계 맺고 있는 사람을 대해주라'는 의미입니다.

다산 정약용은 충과 서를 둘로 나눌 수 없다고 주장했습니다. 그는 충은 서를 꾸며주는 말로 보았습니다. 다산에 의하면 충서는 충과 서가 아니라 '진실되게[忠 충] 서(恕)해야 함'을 의미합니다. 용서(容恕)는 남이 지은 잘못에 대하여 벌을 주지 않고 덮어주는 것을 말합니다. 충서의 가장 대표적인 행위가 용서입니다. 남을 용서하면 그를 따돌리지 않고 보듬어줄 수 있습니다.

요즈음 왕따 현상이 심각한 사회 문제로 떠올랐습니다. 다른 사람이 자신을 따돌리는 행동을 좋아할 사람이 있을까요? 왕따 현상은 충서의 반대말입니다. 맞벌이 부부의 가사 노동 분담도 마찬가지입니다. 퇴근 후에 지친 몸으로 집안일에 시달리고 싶은 사람은 없습니다. 부부가 충서를 실천한다면 즐거운 마음으로 가사와 육아의 힘겨움을 나누게 될 겁니다. 충서를 실천해보세요. '내 배 부르면 종의 밥 짓지 말아라'는 사람이나 '남의 염병이 내 고뿔만 못하다'는 사람이 없는 세상. 참 근사하지 않나요?

자성명 자명성

책을 읽다가 정신이 번쩍 드는 구절을 만난 충격과 흥분은 한두 해가 아니라 평생 지속된다고 합니다. 제 독서 경험에서 그런 구절을 하나 들라면 『중용』 21장을 들고 싶습니다.

> 성(誠)으로 말미암아 밝아짐을 본성(本性)이라 하고, 밝아짐으로 말미암아 성(誠)해짐을 교(敎)라 한다. 성(誠)하면 명(明)하고 명(明)하면 성(誠)해진다.
>
> 自誠明 謂之性 自明誠 謂之教 誠卽明矣 明卽誠矣
> (자성명 위지성 자명성 위지교성즉명의 명즉성의)

무슨 일을 하든지 그 일을 해내겠다는 정성(精誠)이 가장 중요합니다. 진실하고 순수한 정성을 간직하면 저절로 모든 것을 깨치게 됩니다. 첫 아기를 얻은 부모는 아기 기르는 방법을 잘 모릅니다. 하지만 아기를 돌보려는 정성이 지극하면 건강하고 밝은 아기로 키워냅니다. 이것이 하늘이 인간에게 부여한 도리[天道 천도]입니다. 옛사람들은 인간은 누구나 이런 본성을 갖고 태어난다고 믿었습니다.

어떤 일이든 근본을 밝게 아는 인식이 가장 중요합니다. 본질을 환하게 깨치게 되면 결국 정성을 다하게 됩니다. 요리를 처음 배우는 사람은 배울 게 한두 가지가 아닙니다. 재료 고르는 법, 자르고 보관하는 법, 굽고 튀기는 법, 양념을 조절하는 법, 불의 세기를 다스리는 법 등등 이루 헤아릴 수가 없습니다. 이 모든 것을 알게 되면 요리에서 가장 중요한 것은 음식을 만드는 정성임을 깨닫게 됩니다. 정성을 담지 않는다면 아무 재료나 사용할 테고 몸에 좋지 않은 조미료를 듬뿍 집어넣을지도 모릅니다. 근본을 옳게 깨달아 정성스러워질 때 비로소 인간은 예전보다 나은 인격체로 변모합니다. 이것이 인간이 마땅히 지켜야 할 도리[人道 인도]라고 불렀습니다. 옛사람들은 인간은 누구나 이런 도리를 지켜야 한다고 여겼습니다.

정성스러워지면 환히 알게 되고 환히 알게 되면 정성스러워집니다. 정성스러움은 곧 성실함을 의미합니다. 어떤 것을 꼭 해내고 싶은 게 있나요? 그렇다면 정성스러워질 것을 먼저 생각하세요. 무엇이든 간절해지면 그것을 이룰 수 있습니다. 요즈음은 이런 것을 '1만 시간의 법칙'이라고 부르기도 하더군요. 간절한 정성으로 노력하면 꿈을 이룰 수 있습니다.

군자와 소인

못난 사람을 가리켜 소인이라고 합니다. 소인은 '도량이 좁고 간사한 사람'을 말합니다. 보고 배울 점이라고는 조금도 없을뿐더러 가까이 할수록 삶이 피곤해지는 사람을 가리킵니다. 소인은 도량이 좁으니 남을 이해해주지 못합니다. 간사하기 때문에 자기 이익을 위하여 나쁜 꾀를 부립니다. 소인은 원칙을 따르지 않고 이익에 빌붙습니다. 군자는 이와 반대입니다. 아래 인용하는 글은 군자와 소인의 차이를 잘 보여줍니다.

> 이익을 자기 개인에게 나누어 편중시키는 행위를 이(利)라 하고, 타인과 더불어 이익을 나누어 갖는 행위를 의(義)라 한다. 소인은 이(利)만 알고 의(義)를 모르나, 군자는 이(利)를 알면서도 의(義)를 취한다.

이로울 이(利)는 벼 화(禾)와 칼 도(刂)가 결합된 글자입니다. 벼를 자기만 갖겠다고 칼을 들이대는 모습을 표현했습니다. 벼를 조금이라도 더 많이 갖고 싶은 마음은 누구나 마찬가지입니다. 다만 내가 많이 가지면 다른 사람이 덜 갖게 되는 게 문제입니다. 자기만 생각하는 잘못을 이기(利己)라 하고, 다른 사람 몫까지 챙기는 선행을 이타(利他)라고 합니다.

이(利)와 반대되는 글자가 옳을 의(義)입니다. 이 글자의 어원은 학자마다 의견이 다릅니다. 어떤 학자는 나 아(我)가 무기를 나타낸다고 봅니다. 이 견해를 따르자면 의(義)는 양(羊)의 무늬가 그려진 무기를 의미합니다. 어떤 학자는 아름다울 미(美)와 나 아(我)가 결합해서 옳을 의(義)가 완성되었다고 봅니다. 어원을 따지자면 전자가 더 합당한 듯합니다. 저는 후자의 견해도 기억하려 합니다. 옳은 행위를 하면 자신이 아름다워집니다.

원래 군자는 고대 중국에서 지위가 높은 사람을 가리켰습니다. 공자는 지배계급을 지칭하던 군자를 인격자라는 의미로 전환시킴으로써 배움을 닦는 모든 이는 군자가 될 수 있다는 혁신적인 인간론을 주장했습니다. 공자 이후로 옛사람들은 누구나 군자를 지향했습니다. 그래서 군자에 관한 진술을 많이 남겨놓았습니다.

군자는 도덕적인 성품을 존중하고, 묻고 배우는 일을 따라 가나니.

군자는 멀리서 바라보면 위엄이 있고, 가까이 있으면 온화하며, 말을 들어보면 정확한 사람이다.

군자의 잘못은 일식이나 월식과 같다. 잘못을 범하면 사람들이 모두 바라보고, 그것을 고치면 사람들이 모두 우러러본다.

군자가 가르치는 방법은 다섯 가지이니 제때에 내리는 비가 초목을 변화시키듯이 하는 가르침이 있고, 덕을 이루게 해주는 가르침이 있으며, 재능을 통달하게 해주는 가르침이 있고, 물으면 대답해주는 가르침이 있으며, 다른 사람의 선함을 취하여 스스로 자신을 다스리게 하는 가르침도 있다.

이와 반대되는 사람이 소인입니다. 물론 군자와 소인을 가르는 객관적인 기준은 없습니다. 하지만 옛사람들이 남겨놓은 기록을 보면 군자와 소인을 구별하려는 의식이 매우 분명했습니다. 그중에서도 『순자』에 담긴 글이 인상적입니다.

군자의 학문은 귀로 들어와 마음에 붙어서 온몸으로 퍼져 행동으로 나타난다. 소곤소곤 말하고 점잖게 움직여 모두가 법도가 될 만하다. 소인의 학문은 귀로 들어와 입으로 나온다. 입과 귀 사이는 네 치밖에 안 되니 어찌 일곱 자나 되는 몸을 아름답게 할 수 있을 것인가?

군자는 공부를 하면 행동으로 실천합니다. 배운 지식이 몸에 배어서 자연스럽게 드러납니다. 요란하게 자랑하지 않아도 다른 사람이 보고 배울 게 많습니다. 반면에 소인은 무엇을 배우자마자 아는 체합니다. 귀로 듣자마자 예전부터 자기 것이었던 양 떠벌립니다. 지식만이 아닙니다. 사람들은 대체로 자기가 좋아하는 분야, 관심이 있는 내용을 자주 언급합니다. 군자는 본래 선을 좋아합니다. 그래서 남들의 선행을 칭찬합니다. 군자는 악을 몹시 싫어합니다. 그래서 남들의 악행은 입에 담지 않습니다. 소인은 이와 반대입니다. 『순자』「성악」에서는 군자와 소인을 이렇게 구분했습니다.

소인은 군자가 될 수 있으나 군자가 되려 하지 않으며, 군자는 소인이 될 수 있으나 소인이 되려 하지 않는다.

故小人可以爲君子 而不肯爲君子 君子可以爲小人 而不肯爲小人
(고소인가이위군자 이불긍위군자 군자가이위소인 이불긍위소인)

자칫하면 군자는 우리와 전혀 다른 사람이라고 생각하기 쉽습니다. 물론 아무나 군자가 될 수는 없습니다. 군자가 되기란 매우 어려운 일입니다. 하지만 어렵다고 해서 불가능하지는 않습니다. 어려운 일이므로 노력할 만한 가치가 있습니다. 그 과정에서 기쁨도 누릴 수 있을 것입니다. 조선 중기의 사대부 김진(1500~1580)이 아들인 학봉 김성일에게 보낸 편지에 이런 구절이 보입니다.

> 사람이 차라리 곧은 도를 지키다 죽을지언정 무도(無道)하게 사는 것은 옳지 않으니 너희들이 군자가 되어 죽는다면 나는 너희가 살아 있다고 여길 것이고, 만약 소인으로 산다면 죽었다고 여길 것이다.

소인은 계급으로 구분되는 특수한 인간이 아니라, 군자가 될 수 있는데도 불구하고 군자가 되지 못한 인간일 뿐입니다. 되려 하다가 안 된 것은 부끄럽지 않습니다. 하지만 아예 되려고 시도조차 하지 않았다면 정말 부끄럽지 않을까요?

책임은 무겁고 길은 멀다

여러분들은 점점 나이가 든다는 사실에서 어떤 생각을 하나요? 빨리 어른이 되어서 그동안 하지 못했던 것을 마음껏 해보리라는 생각에 마냥 기쁜가요? 아니면 자기에게 다가오는 책임이 갈수록 무거워지는 데 심한 부담을 느끼나요? 나이 듦은 두 가지 다 관련됩니다. 그중 후자가 더 중요하지 않을까 싶네요.

학생 시절엔 공부에 전념하는 게 책임의 전부입니다. 누구네 집 딸 혹은 아들로서 수행해야 하는 최소한의 역할이 주어지지만 부담스럽지는 않습니다. 나이가 들면서 해야 할 일이 차츰 많아집니다. 부모님을 모셔야 하고 자녀를 돌봐야 합니다. 딸이나 아들 역할에 며느리 혹은 사위로서의 책임, 부모로서의 의무가 보태집니다.

특별한 책임을 맡은 사람은 일상이 훨씬 더 힘듭니다. 예컨대 회장이라면 구성원들의 의견을 하나로 모아야 하고 선생님들과의 갈등을 해결해야 하며 크고 작은 행사가 빈틈없이 진행되도록 살펴야 합니다. 해야 할 일은 끝도 없는데 시간이 지날수록 더 많은 책임이 돌덩이가 되어 어깨를 짓누릅니다. 풀썩 주저앉고 싶은 때가 한두 번이 아닙니다.

> 증자가 말하였다. "선비는 도량이 넓고 의지가 굳세지 않으면 안 된다. 책임은 무겁고 앞길은 멀기 때문이다. 인(仁)을 자기 책임으로 삼았으니 또한 무겁지 아니한가? 죽은 뒤에야 끝나므로 또한 멀지 아니한가?"
>
> 曾子曰 士不可以不弘毅 (증자왈 사불가이불홍의)
> 任重而道遠 仁以爲己任 (임중이도원 인이위기임)
> 不亦重乎 死而後已 不亦遠乎 (불역중호 사이후이 불역원호)

『논어』「태백」에 실린 문장입니다. 도량이 넓기만도 힘들고, 의지가 굳세기만도 어렵습니다. 그런데 둘 다 갖추어야 한다네요. 도량만 넓고 의지가 약하면 규율을 지키지 못해 자립이 어렵습니다. 의지가 굳세기만 하고 도량이 넓지 못하면 마음이 좁아져서 자기 지위를 지키지 못합니다. 도량이 넓고 의지가 굳센 뒤에라야 무거운 책임을 이겨내고 먼 곳에 이르게 됩니다.

요즈음 사회가 복잡해져 흔들리는 가정이 많아졌습니다. 그런 까닭에 어린 나이에 생활을 책임져야 할 만큼 형편이 어려운 학생을 자주 봅니다. 어른처럼 지내야 하는 학생을 보면 마음이 쓰립니다. 어떻게든 도움을 주고 싶지만 마땅한 방법도 없습니다. 삶이 힘겨운 학생을 이 문구로 토닥여주고 싶습니다.

> 그러므로 하늘이 큰 임무를 그 사람에게 내리려 하실 적에 반드시 먼저 그 마음과 뜻을 괴롭히며, 그 힘줄과 뼈를 수고롭게 하며, 그 몸과 살을 굶주리게 하며, 그 몸을 궁핍하게 하여 그의 하는 일을 어그러뜨리고 어지럽힌다. 그렇게 함으로써 마음을 분발시키고 성질을 참게 하여 그 능하지 못한 부분을 증익시키기 위한 것이다.
>
> 天將降大任於是人也 必先苦其心志 (천장강대임어시인야 필선고기심지)
> 勞其筋骨 餓其體膚 空乏其身 (노기근골 아기체부 공핍기신)
> 行拂亂其所爲 所以動心忍性 (행불란기소위 소이동심인성)
> 增益其所不能 (증익기소불능)

『맹자』「고자장구하」에 나오는 말입니다. 의지[心志]는 근골과 몸과 피부의 곤궁함을 견디게 하는 힘입니다. 뜻 지(志)는 갈 지(之)와 마음 심(心)이 결합한 글자인데 갈 지(之)가 선비 사(士)처럼 변했습니다. 자기 마음이 향하는 곳이 의지입니다. 내 마음이 동쪽을 향해 서면 동쪽으로 가게 되고, 서쪽을 향하면 서쪽으로 가게 됩니다. 내 마음이 어디를 향하느냐가 삶의 시작인 셈입니다.

삶은 자신에게 덮쳐 오는 고통이나 충격을 극복해 가는 과정입니다. 그 충격과 고통 앞에 무릎 꿇는 사람이 있는가 하면 그것을 극복함으로써 다른 사람을 구제하는 큰 인물로 성장하는 사람도 있습니다. 그는 시련을 넘어서면서 능하지 못한 부분을 보완함으로써 자기 완성에 이릅니다. 그리고 이런 사람만이 '시작은 미약했으나 나중은 심히 창대'해집니다. 『탈무드』에도 이런 사실을 강조하는 이야기가 전해집니다.

> 도자기를 만드는 사람은 망가진 도자기를 손가락으로 두드려서 시험해보지 않는다. 그러나 좋은 도자기를 만들었을 경우 손가락으로 두드려 시험해본다. 이 때문에 하느님은 올바른 사람을 시험한다.
> 만일 어떤 남자가 소 두 마리를 갖고 있는데 한 마리는 힘이 세고, 다른 한 마리는 약하다면 어느 소에게 쟁기를 메게 할까? 물론 힘 센 소이다. 그러므로 하나님은 합당한 사람에게 무거운 짐을 지게 하신다.

기계와 갈매기

공자의 제자 자공이 어느 날 한음을 지나다가 항아리로 우물물을 길어 밭에 뿌리는 노인을 만났습니다. 그 노인은 굴을 뚫고 우물에 들어가 항아리에 물을 담아내서 밭에 주고 있었습니다. 끙끙거리며 힘을 매우 많이 들였지만 효과가 별로 없었습니다. 자공이 그에게 용두레라는 기계를 사용하면 쉽게 물을 댈 수 있는데 그럴 생각이 없느냐고 물었습니다. 노인은 이렇게 대답했습니다. "나는 나의 스승님께 들었소. 기계가 있으면 반드시 기계를 사용해야 할 일이 생기고 그렇게 되면 기계를 사용하려는 마음이 생깁니다. 기계를 사용하려는 마음을 품고 있으면 순수한 본래성이 사라집니다. 순수한 본래성이 사라지면 정신이 안정되지 않습니다. 정신이 안정되지 않으면 자연의 이치가 거기에 깃들지 못하게 됩니다. 기계를 사용하는 편리함을 모르지 않지만 부끄러워서 그러지 않을 뿐입니다."

『장자(외편)』「천지」에 나오는 이야기입니다. 기계를 이용하면 큰 힘 들이지 않고 일을 처리할 수 있습니다. 편리하기 이를 데 없지요. 그런데 기계가 주는 편리함에 익숙해지면 우리 마음 속에 있던 순수함이 사라진다고 경고합니다.

이 이야기에 나오는 '기계를 사용하려는 마음'을 기심(機心)이라고 합니다. 장자는 춘추전국시대에 살았던 사람입니다. 기원전 369년에 태어나 기원전 289년경 사망했을 것으로 추측되지요. 까마득히 오래 전에 살았던 사람이 남긴 말이 우리를 뜨끔하게 하네요.

기계는 편리하지만 그 편리함 때문에 사람들 사이 오가는 마음의 깊이가 얕아지기도 합니다. 휴대폰이 밀어낸 손편지의 온기가 대표적인 예입니다. 빠른 손놀림으로 자판을 눌러서 보내는 문자메시지와, 이따금 멈춰 생각도 하면서 천천히 꾹꾹 눌러 쓰는 손편지 중에서 어느 쪽이 '마음'을 담는 데 더 어울릴까요? 깊이 고민하지 않아도 답은 분명합니다. 이야기 속 노인은 기계를 사용하면 편리하지만 삿된 마음이 생겨나 순수한 본성을 잃게 된다고 강조합니다. 기계가 좋은 도구인 것은 알지만 사용을 주저하는 까닭이 여기에 있습니다.

이와 관련된 이야기로 『열자』「황제」에 해옹호구(海翁好鷗)라는 고사가 전해집니다. 해옹호구는 '바닷가에 사는 노인이 갈매기를 좋아하다'는 뜻입니다. 해변의 갈매기 떼들과 매일 노는 사람이 있었습니다. 그는 매일 바닷가로 나갔고 그때마다 갈매기가 그의 머리며 어깨에 내려앉았습니다. 하루는 아버지가 갈매기와 놀고 싶다며 잡아 오라고 말했습니다. 다음날 그는 아버지 부탁에 따라 갈매기를 잡으려고 바닷가로 갔습니다. 그러나 갈매기들은 그의 머리 위를 맴돌 뿐 내려앉지 않았습니다. 평소 친한 갈매기도 해치려는 마음을 품으면 이를 눈치채고 가까이 오지 않습니다.

인간의 욕망은 두 가지로 나뉩니다. 하나는 생존에 필요한 자연스러운 욕망입니다. 다른 하나는 생존과 상관없이 인위적으로 만들어진 욕망, 자신을 남과 비교하면서 형성된 욕망입니다. 후자를 기심(機心)이라고 합니다. 갈매기 같은 새들도 욕심 없이 대하면 머리에 내려앉습니다. 하지만 갈매기를 잡겠다는 기심을 가지면 가까이 오지 않습니다.

오늘 들려준 두 이야기는 나쁜 마음을 조심하라고 일깨워줍니다. 사람이 하는 일은 모두 마음에 달렸습니다. 순수한 본성을 기계의 편리함으로 대체하거나 자연을 순수하게 즐기는 데 그치지 않고 소유하려는 기심을 담으면 아무 것도 할 수 없는 사람이 되고 맙니다.

혀와 이

노자가 병석에 누운 스승 상종을 찾아뵙고 "선생님 병이 깊으신데 제자에게 남기실 가르침은 없으신지요"라고 여쭈었습니다. 상종이 입을 벌려 노자에게 보여주며 "내 혀가 아직 있느냐?"라고 물었습니다. 노자가 "그렇습니다"라고 대답했습니다. 그러자 이번에는 "내 이가 아직 있느냐?"라고 물었습니다. 노자가 "다 빠지고 없습니다"라고 말씀드렸습니다. 그러자 상종이 "왜 그런지 알겠느냐?"라고 물었습니다. 이에 노자는 "혀가 남아 있는 것은 그것이 부드럽기 때문입니다. 이가 다 빠지고 없는 것은 그것이 강하기 때문입니다"라고 대답했습니다. 상종은 "세상의 모든 일이 이와 같으니 너에게 더 해줄 말이 없다"라고 하였습니다.

한나라 때 유향이 지은 『설원』「경신」에 실린 이야기입니다.

여기에서 치망설존(齒亡舌存)이란 말이 생겼습니다. '이는 빠져도 혀는 남아 있다'라는 뜻으로, 강한 자는 망하기 쉽고 유연한 자는 오래 존속됨을 비유하는 말입니다.

나무는 강하고 풀은 약합니다. 나무는 태풍에 뿌리째 뽑히지만, 풀은 그러지 않습니다. 바람이 거세지면 갈대는 바람 부는 방향으로 몸을 눕혀 바람이 지나가게 합니다. 나무는 제 힘을 믿고 버티다가 마침내 부러지고 맙니다. 『이솝 우화』에 나오는 「바람과 해」 이야기입니다.

> 바람과 해가 서로 제 힘이 세다고 다투었다. 그들은 둘 중에 누구든 길 가는 사람의 옷을 벗기는 쪽이 이긴 것으로 하기로 정했다. 먼저 바람이 세차게 입김을 불어대기 시작했다. 사람이 옷을 졸라매자 바람은 더 세차게 공격했다. 추위가 기승을 부리자 사람은 옷을 껴입었다. 그러자 바람이 지쳐서 사람을 해에게 맡겼다. 해는 알맞게 비추었다. 사람은 껴입은 옷을 벗었다. 해가 더 따가운 햇살을 쏘자 사람은 더위를 견디다 못해 마침내 옷을 벗고 근처 강으로 멱 감으러 갔다.

사람들은 어떻게 하면 강해질 수 있을까 궁리합니다. 강해 보이려고 목소리를 높이면서 다툽니다. 남의 말을 듣고 있으면 지는 거라고 여깁니다. 친구와 내가 의견이 다를 때 목소리를 높이면서 먼저 말하기보다는 친구가 말하도록 놓아두세요. 여러 사람이 보는 앞에서 그가 목소리를 높이면 그 친구는 옳고 여러분이 잘못한 것처럼 보일지 모릅니다. 둘러선 친구들에게 망신당하는 것 같은 느낌도 들겠지요. 그러나 그뿐입니다. 조금만 시간이 지나면 목소리를 높인 친구가 부끄러움에 먼저 사과하기 마련입니다.

부드러운 것이 오래 남습니다. 「치망설존」과 「바람과 해」는 강한 모습보다는 유연한 모습으로 살아가라는 충고를 담았습니다. 동양과 서양에 이와 비슷한 이야기가 많이 전해지는 것도 우연의 일치는 아닌 듯합니다.

수선화와 몰마농

추사 김정희는 젊은 시절 아버지를 따라 연경에 갔습니다. 그곳에서 옹방강과 완원이라는 청나라의 석학을 만나 스승과 제자의 인연을 맺었습니다. 조선으로 돌아온 추사는 왕실의 사위가 된 집안의 후손으로 남부러울 게 없는 세월을 보냅니다. 그러다가 제주도로 유배되어 관아에서 지정해준 집 밖으로 함부로 나올 수 없는 위리안치를 당했습니다.

제주도는 한양의 선비인 추사에게 모든 것이 낯설고 신기했습니다. 음식이나 풍습 등도 낯설었지만, 그는 수선화를 대하는 제주도 사람들 태도에 크게 놀랐습니다. 수선화는 청초하고 기품이 있어서 조선의 문인들이 좋아했습니다. 추사도 수선화를 몹시 좋아해서 「수선화」라는 시를 남겼습니다.

한 점의 겨울 마음 송이송이 둥글어라
그윽하고 담담하고 냉철하고 빼어났네
매화가 높다지만 뜨락을 못 면했는데
맑은 물에 해탈한 신선을 보겠네

一點冬心朶朶圓 (일점동심타타원)
品於幽澹冷雋邊 (품어유담냉준변)
梅高猶未離庭砌 (매고유미리정체)
淸水眞看解脫仙 (청수진간해탈선)

제주도에는 담벼락과 길가, 그리고 밭둑에도 수선화가 흔했습니다. 사람들은 수선화를 잡풀로 여기고 뽑아버리는 일이 다반사였습니다. 현무암 지대가 많아서 농사지을 땅이 아쉬웠던 제주도 사람들에게 수선화는 뽑아내도 계속 피어나는 징그러운 꽃이었습니다. 수선화를 제주도 말로 '몰마농'이라고 합니다. 말[몰]이 먹는 마늘[마농]이라는 뜻이거나 뿌리가 마늘처럼 생겨서 이런 이름이 붙은 듯합니다. 둘 다 수선화를 귀하게 여기는 명칭은 아닙니다. 추사는 그런 사실이 몹시 안타까웠습니다. 오죽하면 「수선화가 여기나 저기나 곡(斛)으로 헤아릴 만하고 밭이랑의 사이에는 더욱 성한데 지방 사람들은 무슨 물건인지도 알지 못하고 보리 갈 때면 다 파버린다」라는 긴 제목의 시를 남기기까지 했습니다. 그것으로도 모자랐던지 추사는 친구 권돈

인에게 이런 편지를 보냈습니다.

> 그런데 토착민들은 이것이 귀한 줄을 몰라서 말과 소에게 먹이고 짓밟아버립니다. 또한 그것이 보리밭에 많이 나기 때문에 마을의 장정과 아이들이 호미로 파내어버립니다. 호미로 파내도 다시 나기 때문에 이것을 원수 대하듯 하니 물(物)이 제자리를 얻지 못한 것이 이와 같습니다.

제주도 사람들의 행동을 어리석다고 여기는 추사의 한탄이 들리는 것만 같습니다. 하지만 꼭 추사처럼 생각할 것만은 아닙니다. 보리를 길러서 양식으로 삼아야 하는 제주도 사람들에게 수선화는 한낱 잡초에 불과했습니다. 무엇이든 그것을 대하는 태도는 사람마다 지역마다 다르기 마련입니다. 그 다름은 지극히 자연스럽습니다.

그런데 사람들은 자기와 기준이 다른 사람을 배척하곤 합니다. 그러다 보니 다툼이 잦고 편 가름이 심해집니다. 다른 것은 틀린 게 아닙니다. '다르다'의 반대말은 '같다'이고, '틀리다'의 반대말은 '옳다'입니다. 남은 나와 '다릅'니다. 나와 남의 다름 속에서 조화를 찾아가는 삶이 아름답습니다.

우물 속 달 건지기

옛날 가시라는 나라에 바라내라는 성이 있었다. 그 성 밖의 아주 우거진 숲속에 원숭이 오백 마리가 살았다. 어느 날 저녁 원숭이 오백 마리가 여기저기서 놀다가 나무 아래 모였다. 나무 아래의 아주 깊고 맑은 우물물에 둥근 달이 비치고 있었다. 우두머리 원숭이가 우물 속을 한참 동안 자세히 들여다보더니 우물 난간에 뛰어올라가 말했다. "우리가 저 달을 건지자. 그렇지 않으면 세상은 영원히 암흑세계가 될 것이다."

그 말을 들은 원숭이들은 머리를 긁적이고 뺨을 긁으며 말했다.

"이렇게 깊은데 어떻게 해야 좋을까?"

우두머리 원숭이가 그럴 듯한 꾀를 냈다. "방법이 있지. 내가 나무 위로 기어 올라가 나뭇가지를 잡을 테니 누가 내 꼬리를 잡아라. 이렇게 하나씩 연결하면 우물 안까지 늘일 수 있을 것이다."

모두 그 말을 듣고 기뻐하며 꽥꽥거렸다. 이렇게 하여 꼬리와 꼬리가 길게 이어지자 금방 수면에 닿을 듯했다. 이때 우지끈 소리가 들리더니 나뭇가지가 부러져 원숭이들은 모두 깊은 우물 속으로 떨어지고 말았다.

불교 경전인 『승기율』에 실린 「정중로월」입니다. '우물에서 달을 건지다'라는 뜻입니다.

우리는 저마다 자기 능력과 소망에 따라 온갖 노력을 합니다. 마치 원숭이들이 달을 건지려고 꼬리와 꼬리를 이은 것과 같습니다. 그런데 원숭이들은 너무 약한 나뭇가지를 붙잡았습니다. 우리가 붙잡은 나무 뿌리가 얕거나 가지가 약하다면 이처럼 부러지고 말겠지요. 나뭇가지가 부러지는 일만 발생하는 게 아닙니다. 내가 손이 미끄러워서 놓칠 수도 있고, 내 팔을 붙들고 있는 사람의 손을 놓쳐도 우물에 빠질 수밖에 없습니다.

이 원숭이들이 튼튼한 나뭇가지를 붙잡았고 어느 한 마리도 손을 놓치지 않았다고 가정해도 여전히 문제가 남습니다. 설령 우물에 손을 넣었다 하더라도 그 순간 달은 흩어지고 말 것입니다. 손을 빼고 기다리면 흩어졌던 달이 다시 온전한 모양이 되겠지요. 하지만 건지려고 손을 넣으면 달은 또 사라질 게 분명합니다. 이런 일을 겪고 나서야 원숭이들은 우물 속에 보이는 달은 허상(虛像)이고 진짜 달은 하늘에 있음을 인식할 겁니다. 자신이 허상을 좇았다는 걸 확인하는 순간 허망함이 밀려옵니다.

허상을 좇지 말고 실체를 찾으려 노력해야 합니다. 그리고 부러지지 않는 튼튼한 나뭇가지를 붙들어야 하겠지요. 그렇지 않으면 허망한 결과에 낙담하게 됩니다. 약한 나뭇가지 같은 지식이나 경험에 의존하면서 사이버 공간에나 있는 허상을 좇는 학생들에게 들려주고 싶은 이야기입니다.

지금 뭐 하고 있나요?

"지금 뭐 하고 있니?"

저는 수업 시간 중에 이따금 이 질문을 합니다. 그러면 학생들은 이런 대답을 내놓습니다. "수업 듣고 있어요", "선생님 보고 있어요" 등등. 이 대답이 틀렸다고 할 수는 없습니다.

수업 시간이 아닐 때 "지금 뭐 하고 있니?"라고 묻는다면 대답이 달라지겠지요. 집에 가고 있어요. 숙제하고 있어요 등등. 만약 하굣길이라면 "수업 듣고 있어요"라고 대답하지는 않을 거예요. 만일 그랬다가는 거짓말이 될 테니까요. 그렇다면 언제 어디서 이 질문을 받든지 거짓말이 아닌 대답이 있을까요?

"저는 지금 죽어가고 있습니다."

자신이 죽어가고 있다는 사실을 선뜻 받아들이고 싶지는 않습니다. 그게 사실일지라도 그것을 끄집어내면 마음이 불편해집니다. 하지만 우리가 죽음을 향해 다가서고 있다는 사실은 부인할 수 없습니다. 우리 부모님도, 유명한 연예인도, 중환자실에 누워있는 환자도, 근육을 뽐내며 무대 위에 서 있는 보디빌더도 예외가 아닙니다. 한 소설에서 이런 장면이 나옵니다. 주인공이 자신의 주민등록증을 들여다봅니다. 본적, 생년월일, 현재 주소가 적혀 있습니다. 주인공은 이 항목들을 이렇게 인식합니다.

본적: 죽음이 시작된 장소

생년월일: 죽음이 시작된 날짜

현주소: 죽음이 진행 중인 장소

사람은 제각기 다른 시대, 다른 지역, 다른 환경에서 태어납니다. 국민 소득이 사만 달러인 나라에서 태어나는 사람이 있는가 하면, 지구촌 칠십오억 명 중 약 사분의 일은 하루 일 달러 미만으로 살아야 합니다. 남달리 명석한 두뇌를 갖고 태어나기도 하고 불치병 환자로 태어나기도 합니다. 그런 점에서 인생은 지독하게 불공평합니다.

하지만 어디에서 태어나든, 언제 태어나든 사람은 죽어가고 있다는 점에서 똑같습니다. 우리는 '어떻게 죽어갈까' 하는 같은 고민거리 앞에 서 있습니다. 저는 후회를 가급적 줄이는 삶이 으뜸이라고 생각합니다. 저승 세계로 들어설 때 안타까움, 뉘우침이 생기지 않도록 살다 가야 하지 않을까요?

흔히 돈이 많은 사람을 잘 산다고 말합니다. 과연 그럴까요? 돈이 많은 사람은 부자로 사는 사람입니다. 부자이면서 잘 사는 사람도 적지 않습니다. 하지만 돈이 많다고 해서 꼭 잘 살았다고 볼 수는 없습니다. 김수환 추기경님께서는 고작 천만 원의 유산을 남기셨습니다. 어느 연쇄살인범은 수억 원의 재산을 가졌습니다. 누가 더 잘 산 건가요?

여러분은 아직 어리기 때문에 삶이 아주 많이 남았다고 여길 겁니다. 제 생각은 반대입니다. 여러분이 어리기 때문에 삶이 짧다는 사실에 주목해야 합니다. 중년이 된 사람은 자신이 유한(有限)하다는 점을 인식한다고 해도 변화시킬 게 많지 않습니다. 노인은 더욱 그러하겠지요. 여러분은 다릅니다. 삶은 찰나에 불과하며 자기 삶이 많이 남지 않았다는 철리(哲理)를 절감하는 게 중요합니다. 그래야 진정한 가치를 추구하며 살 수 있기 때문입니다. 우리는 누구나 죽어가는 존재입니다. 그러니 이제부터 잘 사는 법을 더욱 치열하게 고민해봐야 하지 않을까요?

자식을 위해서 욕망을 포기하는 일쯤은

아무 것도 아닙니다.

부모님은 '자식을 잊고 생활하기'가 가장 힘듭니다.

4장

우리 앞의 사람들

마니아

조선 선조 때 활약했던 화가 이징(1581~미상)은 성종의 후손인데 안타깝게도 서자였습니다. 그의 형제인 이숙(1566~1637)과 이위국(1597~1673)도 그림과 글씨에 뛰어나 이경윤의 세 아들이 모두 유명했습니다. 이징은 수묵화보다는 색을 칠한 그림에 뛰어났으며 산수화를 많이 그렸습니다. 국립중앙박물관에 「원사만종도」, 간송미술관에 「금니산수도」 등이 전합니다.

이징은 그림 그리기를 못 견디게 좋아했습니다. 그가 어렸을 때의 일입니다. 하루는 그가 온 데 간 데 없이 사라졌습니다. 사람을 풀어서 사방으로 찾았지만 끝내 찾을 수 없었습니다. 그런데 사흘 만에 그가 나타났습니다. 다락 안에서 그림을 그리는 데 정신이 팔려 있었던 것입니다. 매우 화가 난 부친이 이징에게 회초리를 들었습니다. 아버지는 이징이 다시는 그림을 그리지 않게 만들려는 마음이 강했습니다. 바닥에 손을 짚고 엎드리게 하고는 모질게 매를 때렸습니다. 아들이 울거나 말거나 매를 멈추지 않았습니다. 그런데 언제부턴가 아들의 울음소리가 들리지 않았습니다. 이상해서 바라보니 이징은 눈물을 손가락에 묻혀서 바닥에 새를 그리고 있었다고 합니다. 그림 그리기는 이징이 고통을 극복하는 방법이었습니다. 그림 그리기 때문에 겪는 아픔을 잊게 한 것도 그림 그리기였습니다. 연암 박지원은 이를 두고 "그림 그리는 일에 온 정신을 빼앗겨 영예로움과 욕됨조차 잊어버렸다"라고 평가했습니다.

조선 시대 왕실의 친척이었던 학산수라는 사람이 있었습니다. 그는 온 나라 안에서 명창으로 이름이 높았습니다. 그는 노래 공부를 하러 날마다 산에 들어갔습니다. 신발을 벗어 앞에 놓고 노래를 한 곡 부를 때마다 모래 한 알을 신발에 담았습니다. 그는 신발에 모래가 가득 차야 집으로 돌아오곤 했습니다. 듣는 이 하나 없는 산 속에서 자기만의 소리를 완성하기 위해 몇 년을 그렇게 지냈습니다. 한 번은 학산수가 도적을 만나 죽을 처지에 놓였습니다. 앞으로는 노래를 부르지 못하리라는 슬픔이 견디기 힘들었습니다. 그는 바람에 몸을 맡기고 이승에서 마지막이 될 노래를 불렀습니다. 그러자 도적 무리들이 감동하여 눈물을 흘리지 않는 자가 없었습니다. 학산수는 노래 솜씨

덕분에 목숨을 건졌습니다. 연암 박지원은 "삶과 죽음을 마음속에 두지 않았다"라고 평가했습니다.

연암 박지원은 이징과 학산수의 이야기를 「형언도필첩서」라는 글에 기록했습니다. 이 글에 이런 내용이 보입니다.

> 나는 처음 이 이야기들을 듣고서 탄식하며 이렇게 말했다. "세상의 도리가 흩어져 사라진 지 오래되었다. 어진 사람 좋아하는 일을 여색 즐기듯이 하는 사람을 나는 여태껏 보지 못했다. 그런데 저 사람들은 조그마한 기예일망정 자신의 목숨과도 바꿀 수 있다고 여겼다. 이것이 바로 아침에 세상의 진리를 들으면 저녁에 죽어도 여한이 없다는 말이로구나."

한 시간의 휴식

헤르베르트 폰 카라얀(1908~1989)은 '지휘의 황제'로 불리는 지휘자입니다. 베를린필하모니 건물 앞 거리 이름이 폰 카라얀 거리라는 사실은 그가 얼마나 영향력이 큰 지휘자인지 잘 말해 줍니다. 그는 1984년에는 베를린필하모니오케스트라를 이끌고 우리나라를 방문하여 세종문화회관에서 연주회를 열었습니다.

예전에는 카페나 음악다방에 들어서면 벽면에 카라얀 사진이 걸려 있곤 했습니다. 검은 배경 때문에 유난히 돋보이는 흰 머리칼, 지휘에 몰입한 표정은 무척 엄격해보였습니다. 음악에 관한 것이라면 단 한 발도 물러설 수 없다는 고집스러움이 느껴졌습니다.

카라얀은 '독재자'라고 알려져 있습니다. 하지만 그의 아내는 "남편이 독재자였다고요? 그는 단지 카리스마 넘치고 엄격한 규율을 지닌 지휘자였을 뿐이에요. 그는 자신에게 요구하는 똑같은 기준을 언제나 단원들에게도 원했지요"라며 이런 소문을 부인했습니다. 카라얀은 자신에게나 단원들에게 예외 없이 엄격한 기준을 들이댄 지휘자였습니다.

카라얀은 깐깐하기로 유명했습니다. 특히 연습 시간에 맞추어 모이는 규칙을 굉장히 중요하게 여겼습니다. 수석 바이올리니스트도 연습에 세 번 이상 늦으면 쫓겨날 각오를 해야 했다고 합니다. 카라얀은 아무리 실력이 뛰어날지라도 모이는 시간을 어기는 연주자는 절대로 용납하지 않았습니다. 집합 시간을 엄격하게 따지는 그의 특성은 연습 중의 휴식 시간에도 마찬가지였습니다. 연습을 하다가 휴식 시간을 가질 때 다시 모이는 시간을 꼭 일러주었는데 그 시간을 놓치면 카라얀의 눈 밖에 나는 아픔(?)을 각오해야 했습니다. 오케스트라는 단원이 모두 모여야 연주가 가능하므로 이런 엄격함도 어느 정도는 수긍이 갑니다.

어느 날이었습니다. 카라얀이 단원들에게 한 시간 동안 휴식하겠다고 말했습니다. 평소 십 분 이상 휴식을 허용하지 않는 카라얀에게 익숙해져 있던 단원들로서는 어리둥절할 수밖에 없었습니다.

그로부터 한 시간이 지났을 무렵. 단원들이 하나둘 모여 들더니 이내 자리가 다 찼습니다. 그런데 예상 밖의 지각생이 생겼습니다. 바로 카라얀이었습니다. 정확히 한 시간이 되었는데도 그가 보이지 않았습니다. 그가 곧 나타날 거라고 믿은 단원들은 아무도 자리를 뜨지 않았습니다. 그로부터 몇 분이 더 지났습니다. 단원들이 수군대기 시작했습니다. 그제야 카라얀이 모습을 드러냈습니다. 헐레벌떡 뛰어 들어온 카라얀이 지휘봉을 잡으면서 몹시 숨이 찬 목소리로 이렇게 말했습니다.

"미안합니다. 결혼식 하고 오느라 늦었습니다."

권태응 시인께서 남기신 「감자꽃」을 함께 읽어볼까요.

자주 꽃 핀 건
자주 감자
파보나 마나
자주 감자.

하얀 꽃 핀 건
하얀 감자
파보나 마나
하얀 감자.

자연에는 거짓이 없습니다. 땅 위에 핀 꽃과 땅 속에 묻힌 감자가 같습니다. 자주 꽃 핀 건 자주 감자이고 하얀 꽃 핀 건 하얀 감자입니다. 굳이 땅을 파고 감자를 캐어보지 않아도 됩니다. 자주 꽃에서 하얀 감자가 나오거나 하얀 꽃에서 자주색 감자가 나오는 일은 없습니다.

어떤 사람들은 이 시가 인간 세계는 자연과 다름을 비판하는 작품이라고 받아들입니다. 인간 세계에서는 하얀 것이 자주색으로 포장되기도 하고, 자주색이 본질인데 하얗다고 알려지기도 합니다. 작은 일을 한 사람이 위대한 사람으로 미화되는가 하면, 온갖 못된 짓을 일삼는 성직자가 존경을 받기도 합니다.

하지만 저는 인간 세계도 자연과 닮았다고 믿습니다. 발레리나 강수진 님의 발 사진은 이런 제 믿음을 견고하게 만들어주었습니다. 마디마다 심하게 변형되고 굳은살로 뒤덮인 발은 하루에 열 시간씩, 수 십 년 동안 발레 연습을 반복한 삶을 증명하기에 충분했습니다.

강수진은 1967년 서울에서 태어나 고등학교 일학년이던 1982년 모나코왕립발레단에 입학했습니다. 1985년 아시아인 최초로 로잔국제발레콩쿠르에서 그랑프리를 차지했고 이듬해에는 아시아인 최초로 세계 5대 발레단인 독일 슈투트가르트 발레단에 입단하여 세계인을 놀라게 했습니다. 1997년 수석발레리나로 승급하고 1999년 한국인 최초로 무용계의 아카데미상이라 불리는 '브누아 드 라 당스' 최고여성무용수상을 받았습니다. 2002년에는 슈투트가르트 발레단 종신회원 명단에 이름을 올린 데 이어 2007년 독일 정부로부터 우리나라의 중요무형문화재에 해당하는 캄머 탠처린(궁중 무용가)상을 받으면서 전설적인 무용가로 자리매김했습니다. 그녀는 2014년부터 국립발레단 단장 겸 예술감독을 맡고 있습니다.

쉰 살이 가까워지도록 현역 발레리나로 활동한 그녀의 이력은 눈부시다 못해 그 자체로 경이롭습니다. 그리고 그렇게 되기까지 얼마나 혹독하게 훈련했을지 그녀의 발 사진에 저절로 고개가 숙여집니다.

강수진만이 아닙니다. 1992년 바르셀로나 올림픽 마라톤 우승자인 황영조 선수는 "훈련할 때 너무 힘들어서 도로 옆으로 지나가는 트럭 바퀴 밑으로 뛰어들고 싶었다"라고 고백한 적이 있습니다. 피겨 퀸 김연아는 빙판 위에서 수없이 넘어졌고, 마린보이 박태환은 물 속에서 수없는 나날을 보냈습니다.

우리 삶도 뿌린 대로 거둡니다. 인간 세계에서도 콩 심은 데 콩 나고 팥 심은 데 팥 납니다. 자주 꽃 핀 건 자주 감자이고, 하얀 꽃 핀 건 하얀 감자입니다.

꾸짖는 이유

교사로 지내면 기쁜 일이 한두 가지가 아닙니다. 학생을 칭찬하거나 학생이 장학생이 된 것을 축하하면 여러 날 싱글벙글합니다. 속된 말로 '선생 할 맛'이 납니다. 교사로 지내면 속상한 일이 한두 가지가 아닙니다. 학생이 아프거나 학생에게 근심거리가 생기면 여러 날 우울해집니다.

그런데 이보다 더 속상한 일이 있습니다. 학생이 자기 능력을 발휘하려고 노력하지 않을 때입니다. 면담할 때는 예전의 학교생활이 후회된다고, 할 수만 있다면 작년으로 돌아가서 다시 잘 해보고 싶다고 말해놓고는 일상생활은 전혀 나아질 기미가 안 보입니다. 오히려 예전만 못해지기까지 합니다. 그럴 때는 어쩔 수 없이 학생을 꾸짖을 수밖에 없습니다.

학생을 꾸짖은 날은 식욕을 잃습니다. 사표를 내버릴까 생각도 합니다. 그리고 내가 왜 꾸짖는 걸까 의심해봅니다. 꾸짖을 이유가 없는데 꾸짖은 것이라면 이를 온당하다고 할 수는 없을 테지요. 그래서 이모저모 궁리해봅니다. 도대체 왜 꾸짖은 것인가? 꾸짖을 수밖에 없었는가? 앞으로도 또 꾸짖을 것인가? 마음이 어지럽습니다.

> 공자께서 말씀하셨다. "사랑한다면 수고롭게 하지 않을 수 있겠는가? 진심으로 대한다면 깨우쳐주지 않을 수 있겠는가?
>
> 子曰 愛之 能勿勞乎 忠焉 能勿誨乎 (자왈 애지 능물로호 충언 능물회호)

『논어』「헌문」에 실린 글입니다. 교직 생활의 좋은 점을 두 가지만 들라면 하나는 거짓말을 거의 하지 않는다는 점이고 다른 하나는 학생이 잘 되는 모습을 기뻐한다는 점입니다. 교사는 학생이 잘 되기를 간절히 바랍니다. 그 점에서 부모와 같습니다. 그런데 발전은 저절로 이루어지지 않습니다. 노력하지 않으면, 힘겨움을 감내하지 않으면 발전하지 못합니다. 그래서 사랑할수록, 그리고 사랑하기 때문에 학생들에게 더 노력하라고 요청하는 것입니다.

진실한 마음으로 학생을 대하는 교사는 학생을 자기 자녀처럼 여깁니다. 그러기 때문에 그 학생의 잘못을 깨우쳐주지 않을 수 없습니다. 깨우칠 회(誨)를 가만히 들여다보세요. 말씀 언(言)이 의미부이고 매양 매(每)가 소리부로, '가르치다'는 뜻입니다. 매양 매(每) 안에는 어미 모(母)가 들어 있습니다. 어머니 말씀이 바로 가르침입니다. 자식을 증오해서 꾸짖는 부모는 없습니다. 교사도 마찬가지입니다. 자녀가 아프면 약을 먹이듯이 학생이 엇나가면 꾸짖습니다. 약은 육신의 병을 고치고 꾸짖음은 마음의 병을 고친다고 믿기 때문입니다.

설령 꾸짖다가 학생과의 관계가 불편해져도 할 수 없습니다. 꾸짖어 깨우치려는 건 교사의 역할이고 그것을 받아들일지 거부할지는 학생의 선택입니다. 교사의 훈계는 풀에 맺힌 이슬인지 모릅니다. 소는 풀에 맺힌 이슬을 먹고 우유를 만들어내고, 뱀은 이슬을 먹고 독을 만들어냅니다. 교사의 꾸짖음을 듣고 우유를 만들어낼지 독을 만들어낼지는 학생에게 달려 있습니다. 여러분은 소와 뱀 중에서 누구를 더 닮고 싶은가요? 여러분이 뱀이 아니라 소라고 믿기 때문에 꾸짖는 겁니다.

꾸지람을 듣고 아직도 분이 풀리지 않은 학생이 있을까봐 이야기를 좀더 할게요. 의사는 사람의 생명을 고칩니다. 그들은 인명을 구하기 위해 열 시간이 넘는 수술도 마다하지 않습니다. 수술하느라 끼니를 거르기도 합니다. 하지만 아무리 능력이 뛰어난 의사일지라도 더이상 치료하려 들지 않는 경우가 있습니다. 환자가 이미 사망했거나 혹은 치료가 무의미하다고 판단할 때는 치료를 중단합니다. 죽은 사람을 살리겠다고 수술을 시작하는 의사는 없습니다. 교사도 마찬가지입니다. 아무리 꾸짖어도 더는 안 되겠다고 판단되면 학생을 꾸짖지 않습니다. 여러분이 지금보다 더 건강한 심신으로 살아가도록 돕고 싶어서 꾸짖는 것입니다. 선생님께 꾸짖음을 듣고 불편했던 적이 있나요? 여러분이 지금보다 나아질 수 있다는 믿음의 표출이라고 여겨 주세요. 여러분들의 미래를 믿습니다.

어버이날과 스승의 날의 유래

오늘은 널리 알려진 두 개의 기념일에 관한 이야기를 해보려고 합니다. 학교에서 친구들과 기념일을 보내면서도 정작 그 유래나 의미는 잘 모르기 때문입니다.

어버이날은 본래 우리나라에서 생긴 기념일이 아닙니다. 서양에는 사순절이라는 기간이 있습니다. 이것은 부활 주일 전 사십 일을 말합니다. 이 기간에 교인들은 광야에서 금식하며 시험받은 그리스도의 수난을 되살리기 위하여 단식과 속죄를 행합니다. 영국과 그리스에서는 사순절 첫날부터 넷째 주 일요일에 어버이 영혼에 감사하기 위해 교회를 찾는 풍습이 있었습니다. 그리고 1910년경 미국의 한 여성이 어머니를 추모하기 위해 교회에서 흰 카네이션을 교인들에게 나누어주었습니다. 이 두 행사에서 어버이날이 시작되었습니다. 그러다 1914년 미국 대통령

토머스 우드로 윌슨이 5월 둘째 주 일요일을 '어머니의 날'로 정하면서부터 정식 기념일이 되었습니다. 그 후 미국에서는 5월 둘째 주 일요일에 가정에서 자녀들이 어머니께 선물을 드리는 풍습이 생겼습니다. 어머니께서 생존해 계신 사람은 빨간 카네이션을, 어머니께서 돌아가신 사람은 흰 카네이션을 가슴에 달고 각종 집회를 열기도 합니다.

우리나라에서는 퇴색해 가는 경로사상을 확산하기 위하여 1956년에 '어머니날'을 제정, 범국민적 기념일로 삼았습니다. 그러다가 '아버지의 날'이 거론되자 1973년에 제정 공포된 '각종 기념일 등에 관한 규정'에서 5월 8일을 '어버이날'로 변경했습니다. 그런데 정부에서 공식적으로 지정하기 전에 일부 학교에서는 이와 비슷한 행사를 실시하고 있었던 듯합니다. 일례로 서울 중앙여고에서는 1950년 5월 8일 애국 조례 시간에 "어머니날 받들자"라는 주훈을 발표했을 뿐만 아니라 1955년 5월 9일 애국 조례 시간에는 어머니날 기념식을 거행하고 기념 작품 당선자를 시상했다는 기록이 남아 있습니다(5월 9일에 기념식을 한 것은 5월 8일이 일요일이었기 때문입니다). 정부가 기념일로 지정하기 전에 민간에서 생겨난 어버이날은 지금까지 본래 모습을 지켜오고 있습니다. 이런 점에서 스승의 날과 다릅니다.

이번에는 스승의 날 유래를 살펴볼게요. 1958년 강경여자고

등학교 봉사동아리 학생들이 퇴직한 선생님에게 청소, 반찬, 안마를 해드리는 활동을 시작했습니다. 당시는 한국전쟁이 그치고 얼마 지나지 않은 때라 가난하고 다친 사람이 수두룩했으며 가족도 없이 늙고 병든 교사들이 많았습니다. 그래서 이런 활동을 시작한 것이지요. 강경여고 학생들의 활동이 점차 호응을 얻으면서 전국으로 확산되었습니다.

스승의 날은 1963년 5월 26일 청소년적십자중앙학생협의회(JRC)가 기념일로 정하여 사은 행사를 연 것이 시초이며 1965년부터는 세종 대왕 탄생일인 5월 15일로 변경했습니다. 이 무렵의 스승의 날에는 학생들이 구두약을 사다가 선생님들 구두를 닦았습니다. 주머니 사정이 넉넉하지 않았던 학생들로서는 구두약 하나로 여러 켤레를 닦을 수 있었으니 참 기발한 착상이었습니다. 교사들은 가슴에 스마일 배지를 달고 이 날만은 학생들을 혼내지 않으려고 노력했습니다. 요즈음 시각으로 보자면 학생들이 왜 교사의 구두를 닦아야 하느냐고 볼멘소리를 할 법도 합니다. 하지만 이것은 강요해서 한 행동은 아닙니다. 스승의 날에는 교사들이 웃는 낯으로 학생을 대하려 했다는 것도 인상 깊습니다. 스승의 날은 이처럼 교사와 학생이 서로를 존중해주는 기념일이었습니다.

그러다가 1973년 정부가 사회 풍토를 바로잡는다는 명목으로 스승의 날을 폐지했습니다. 그 후 한동안 스승의 날은 교육 현장에서 사라졌습니다. 1982년에 정부에서 다시 부활시켰습니다. 결국 학생들이 자발적으로 만들었던 스승의 날은 없어졌고 정부가 지정한 기념일만 남았습니다. 그래서 스승의 날 자체를 인정하지 않으려는 교사들이 많습니다. 스승의 날을 부활할 당시의 대통령은 훗날 자기 재산이 이십구만 원밖에 없다고 강변한 사람입니다. 그런 시절에 부활한 것이라 더더욱 받아들일 수 없다고 여깁니다.

스승의 날은 잠깐만 생각해보아도 엉성하기 짝이 없습니다. 아내가 있으려면 남편이 있어야 하고 스승이 있으려면 제자가 있어야 합니다. 우리나라는 '제자의 날'이 따로 없습니다. 학생의 날(11월 3일)조차 기념하지 않는 나라에서 스승의 날을 굳이 기념할 이유를 모르겠습니다. 정부가 인위적으로 제정한 스승의 날이 무슨 의미가 있나 회의가 듭니다.

세 모퉁이

어떤 일을 하려면 그 일을 해내고야 말겠다는 마음을 다져야 합니다. 그런 의지를 갖추려면 그 일을 해내야 하는 이유를 스스로에게 설명해야 합니다. 자신을 납득시키려면 자기와 나누는 대화가 필수적입니다. 자기와 대화하는 데서 모든 일을 시작해야 합니다. 공부해야 하는 이유를 모르는 공부는 즐겁지 않습니다. 금방 싫증을 느끼고 머지않아 지칩니다. 그러면 자신도 힘들고 지켜보는 사람들도 안타깝습니다.

배우는 자가 스스로 알려고 노력[憤]하지 않으면 그에 맞게 가르쳐주지 않았으며, 말로 표현하려 애쓰지[悱] 않으면 그에게 말해주지 않았다. 한 귀퉁이를 들어주었는데 세 귀퉁이를 반추해내지 못하면 다시 가르쳐주지 않았다.

子曰 不憤不啓 不悱不發 擧一隅不以三隅反 則不復也
(자왈 불분불계 불비불발 거일우불이삼우반 즉불부야)

『논어』「헌문」에 실린 문장입니다. 분(憤)은 분통 터져 하는 심정을 말합니다. 어떤 것에 통달하기를 구하는데도 얻지 못한 상태에 머물러 있다면 분통이 터지는 게 자연스럽습니다. 만약 그렇지 않으면 그 뜻을 열어[啓]주지 않습니다. 즉 자신이 무엇을 모른다는 사실에 스스로 분해하고 속상해한 다음에야 그 뜻을 일깨워줍니다. 비(悱)는 답답해서 어쩔 줄 모르는 심정을 말합니다. 자기 생각을 표현하지 못하는 상태에 머물러 있다면 무척 답답해하는 게 자연스럽습니다. 그런데도 답답해하지 않으면 그 뜻을 펼쳐[發]주지 않습니다. 즉 그가 자신의 생각을 속 시원히 말할 수 있도록 가르치려 하지 않습니다. 이로부터 우리가 잘 아는 계발(啓發)이라는 단어가 생겨났습니다.

기다리지 않고 바로 가르쳐주면 지식이 견고해지지 않습니다. 배우는 사람에게 정성스러운 마음이 생길 때까지 기다렸다가 알려주어야 비로소 나아집니다. 목말라 애태우는 사람에게 물을 주면 효과가 있지만, 갈증을 느끼지 않는 사람에게는 물을 주어봐야 마시지 않습니다. 일방적으로 전달하는 수업은 공교육이든 사교육이든 학생의 발전을 기대할 수 없습니다.

책은 네 모퉁이를 가지고 있습니다. 스승이 먼저 한 귀퉁이를 엽니다. 말하자면 책 내용의 일부분만을 넌지시 일러줍니다. 여기까지가 스승의 역할입니다. 나머지 세 모퉁이를 들추면서 되풀이하여 음미하거나 생각해보는 공부는 제자의 몫입니다. 스승에게 배운 내용을 토대로 나머지를 반추해야 나날이 나아집니다. 시일이 좀 걸리더라도, 끝내 깨치지 못할까 조바심이 나더라도 진득하게 앉아서 나머지 세 모퉁이를 일일이 뒤집어보아야 합니다.

옛사람들은 스승과 제자의 이런 관계를 줄탁동시(啐啄同時)라고 했습니다. 닭은 알을 낳고 여러 날 동안 품습니다. 알 속에서 자란 병아리는 부리로 껍데기 안쪽을 깨고 세상으로 나오려고 합니다. 줄(啐)은 병아리가 알을 깨려고 쪼는 동작입니다. 알을 품고 있던 어미닭은 병아리가 알을 쪼는 기척이 나면 밖에서 알을 깨트려줍니다. 병아리가 세상으로 나오도록 돕는 것입니다. 탁(啄)은 어미닭이 알을 쪼는 행위입니다. 줄과 탁은 동시에 이루어집니다.

병아리는 깨달음은 깨치려는 제자요, 어미닭은 깨우침을 일러주는 스승입니다. 어미닭이 병아리를 세상 밖으로 꺼내는 게 아닙니다. 알을 깨고 나오는 것은 병아리가 할 일입니다. 스승은 깨우침의 계기만 제시할 뿐이고 나머지는 제자가 스스로 노력하여 깨달음에 이르러야 합니다. 헤르만 헤세의 소설 『데미안』은 '새는 투쟁하여 알에서 나온다. 알은 세계이다. 태어나려는 자는 하나의 세계를 깨뜨려야 한다'라는 문장으로 유명합니다. 이 문장의 의미도 줄탁동시와 다르지 않습니다.

공부는 남에게 의지한 것은 옅고 자기 힘으로 얻은 것[自得 자득]은 깊습니다. 학문적 깊이의 차이는 여기에서 생깁니다. 남에게 얻어 들은 지식은 길에 괸 물과 같습니다. 흥건히 괴어 있다가도 금세 말라버립니다. 자득한 지식은 샘물과 같습니다. 아무리 가물어도 끊어지지 않고 넓고 멀리 흘러갑니다.

세 가지 병통

다산 정약용이 살던 조선 시대는 한양과 지방의 사회·경제·문화적 격차가 오늘날보다 훨씬 더 컸습니다. 학식 높은 다산이 강진으로 유배를 오자, 이전까지 양질의 교육을 경험하지 못한 강진의 양반들이 너나 할 것 없이 자식을 보내 배움을 청했습니다. 그렇게 모인 다산의 제자들과 다산의 두 아들 등 다산의 뜻을 좇는 열여덟 명이 모여 '다신계'를 만들었습니다.

그러나 당시 일부를 제외한 대부분의 강진 사람들은 학문에 큰 관심이 없거나 스스로를 재능이 없다고 여겼습니다. 다산은 이를 안타깝게 생각했습니다. 다산의 제자 가운데 한 사람인 황상 역시 처음 다산이 공부를 권하자 자신이 둔하고 미련하다고 말하기도 했습니다. 황상이 쓴 「임술기」에 당시의 일화가 등장합니다.

내가 스승님께 배운 지 이레 되던 날, 스승님께서 문학과 역사를 공부하라는 글을 내려주시며 말씀하셨다. "산석*아, 문사를 공부하도록 해라!"나는 머뭇머뭇 부끄러워하며 말씀을 올렸다. "제게는 세 가지 병통이 있습니다. 첫째는 둔하고 둘째는 꽉 막혔고 셋째는 미욱합니다." 그러자 선생님께서 말씀하셨다. "공부하는 자들이 갖고 있는 세 가지 결점을 너는 하나도 갖고 있지 않구나! 첫째는 기억력이 뛰어난 병통으로 공부를 소홀히 하는 폐단을 낳고 둘째는 글 짓는 재주가 좋은 병통으로 허황한 데 흐르는 폐단을 낳으며 셋째는 이해력이 빠른 병통으로 거친 데 흐르는 폐단을 낳는다. 둔하지만 공부에 파고드는 사람은 식견이 넓어지고, 막혔지만 잘 뚫는 사람은 흐름이 거세지며, 미욱하지만 잘 닦는 사람은 빛이 난다. 파고드는 방법은 무엇이냐. 근면함이다. 뚫는 방법은 무엇이냐. 근면함이다. 닦는 방법은 무엇이냐. 근면함이다. 그렇다면 근면함은 어떻게 지속하느냐. 마음가짐을 확고히 갖는 데 있다."

이때 다산은 마흔한 살, 황상은 열다섯 살이었습니다. 귀양살이 중이기는 하지만 당대 최고의 학자인 스승이 공부를 권하는데 어린 제자 입에서 자신은 둔하고 막혔으며 미련하다는 대답이 돌아온 것입니다. 다산은 황상에게는 본래 타고난 재능이 뛰어

*황상의 아명

어난 사람이 빠질 수 있는 교만함 같은 결점이 없다며, 따라서 학문에 깊고 넓게 정진할 수 있을 거라고 용기를 북돋워주었습니다. 황상은 평생 정약용의 격려를 마음에 품으며 실제로 열심히 학문을 닦아 뛰어난 시인으로 성장했습니다. 황상의 문집 『치원유고』를 두고 훗날 추사 김정희가 "지금 세상에 이런 작품이 없다"라고 예찬할 정도였습니다.

유배에서 풀려난 다산이 강진을 떠난 지 십팔 년이 되던 해, 황상은 스승을 만나기 위해 경기도까지 걸어갑니다. 그러다 며칠을 머물고 돌아가는 길에 스승이 영면했다는 소식을 듣고 제자는 다시 돌아와 스승의 영전 앞에 엎드려 통곡했습니다. 다산이 세상을 떠난 지 십여 년 후 예순한 살 황상은 다시 다산의 고향 마을을 찾았습니다. 손에는 십 년 전 스승이 준 부채를 들고 있었습니다. 아버지가 돌아가신 뒤에도 그를 기리는 황상이 고마워, 정약용의 아들 정학연은 황씨와 정씨 집안의 인연이 오래도록 이어지기를 바라면서 '정황계'를 맺습니다. 피붙이만큼 끈끈한 스승과 제자의 인연이 문서로 남게 된 것입니다.

앞서 인용한 「임술기」는 다산이 세상을 떠나고 난 이후인 1863년 황상이 스승과의 첫 만남을 기억하면서 지은 글입니다. 황상은 당시 이미 일흔다섯을 넘긴 노인이었지만 "지금 이후로도 스승께서 주신 가르침을 잃지 않을 것을 분명히 하고 자식들에게도 행하게 할 것"이라며 삶의 자세를 새롭게 다졌습니다. 고령에도 쉬지 않고 공부하는 황상을 보고 사람들은 그 나이에 왜 그리 열심히 책을 읽느냐며 비웃었지만 황상은 "우리 선생님은 귀양지에서 십팔 년을 계시면서 날마다 방에 앉아 공부에만 힘써 복사뼈에 세 번이나 구멍이 났다. 선생님께서 부지런히 공부하라 친히 가르쳐주신 말씀이 아직도 쟁쟁한데 죽기 전에야 어찌 그 지성스러운 가르침을 저버리겠는가"라고 대답했습니다.

소주잔과 컵과 호수

좀 엉뚱한 질문을 세 개 할게요. 여기 소주잔이 하나 있고 그 안에 맑은 물이 구십 퍼센트쯤 담겨 있다고 가정해볼까요. 소주잔에 아주 진한 먹물 한 방울을 떨어뜨렸습니다. 어떤 변화가 일어났을까요? 먹물이 퍼지면서 맑았던 물이 이내 까맣게 변했습니다. 그래서 예전에 맑은 물이 담겨 있었다는 흔적조차 남지 않았습니다.

두 번째 질문입니다. 여기 컵이 하나 있고 맑은 물이 구십 퍼센트 담겨 있다고 가정해볼까요. 그 컵에 아주 진한 먹물 한 방울을 떨어뜨렸습니다. 어떻게 되었을까요? 이번에도 먹물이 퍼지면서 맑았던 물 색깔이 변했을 겁니다. 소주잔에 먹물을 떨어뜨렸을 때만큼은 아니겠지만, 물 색깔이 훨씬 탁해지겠지요. 먹물을 떨어뜨리기 전의 맑은 물에서 만나던 평온함이나 순수함을 느끼지는 못하겠지요.

마지막 질문입니다. 맑은 물로 가득 채워진 호수가 있습니다. 그 호수에 아주 진한 먹물 한 방울을 떨어뜨렸습니다. 어떻게 달라졌을까요? 이번에도 먹물이 퍼지면서 맑은 물과 섞였을 겁니다. 하지만 호수는 넓디넓고 먹물은 고작 한 방울이어서 이내 흔적도 없어졌을 겁니다. 먹물 한 방울이 떨어졌다는 사실조차 알아차릴 수 없게 변했겠지요. 호수는 넓디넓기 때문에 먹물 한 방울이 아니라 어지간한 분량의 먹물이 쏟아진다고 해도 쉽게 혼탁해지지 않습니다. 이내 그 더러움을 지워버리고 본래 모습을 되찾습니다.

다른 사람이 자기 흉을 보았다는 사실을 알고 괴로워하는 학생을 가끔 만납니다. 평소 친하다고 여기던 친구가 흉을 보았다면 그 괴로움은 견디기 어렵습니다. 친구와 대화를 단절하는 일은 예사고 심지어는 밥을 거르거나 잠을 못 잡니다. 이 세상에서 가장 큰 건 지구가 아니라 우리 눈동자입니다. 우주선에서 바라보면 지구가 한 눈에 들어옵니다. 눈동자보다 더 큰 게 우리 마음입니다. 마음이 넓을 때는 내 가족을 살해한 범인도 용서합니다. 하지만 마음이 좁아지면 바늘 하나 꽂을 자리조차 없습니다. 친구가 내 흉을 본 사실을 알면 마음을 닫아버리기 일쑤입니다. 이 세상에서 버림받은 것 같았을 테니 그럴 법도 합니다. 밤새 뒤척이느라 충혈된 눈으로 등교한 모습은 안타깝기 그지없습니다.

예전에 이런 괴로움에 시달리는 학생을 보았습니다. 그 학생에게 소주잔과 컵과 호수에 관해 질문했습니다. 그 학생에게 이런 조언을 해주었던 기억이 납니다.

"어떤 사람을 뒤에서 흉보는 짓은 참 불순한 행동이다. 친구가 네 흉을 보았다는 사실을 알게 되었으니 네가 오죽 힘들까 싶다. 그런데 이렇게 생각해보면 어떨까. 네 마음속으로 오염된 언어가 떨어졌다고 말이다. 마치 맑은 물에 먹물 한 방울이 떨어져 내렸다고 가정해보자. 그 일로 네 마음이 온통 시커멓게 변한다면 이것은 네 내면을 입증해 보이는 게 아닐까? 나는 네가 소주잔이나 컵이 아니라 맑고 넓은 호수 같은 사람임을 안다. 힘들겠지만 그 먹물 한 방울을 희석시켜보렴."

둔촌동

이원령(1327~1387)과 최원도(미상)는 고려 시대 진사시험에 함께 합격한 친구였습니다. 최원도는 신돈이 권력을 휘두르는 세상이 싫어서 고향인 경상북도 영천으로 내려갔습니다. 이원령은 1368년 이존오와 함께 신돈을 공격하고 벼슬길에서 물러났습니다. 그때 이원령이 채판서라는 사람과 한 동네에서 살았는데 그는 신돈과 가까웠습니다. 이원령이 채판서 앞에서 신돈을 비판한 뒤 그의 신변이 위험해졌습니다.

이원령은 아버지 이당을 모시고 영천으로 최원도를 찾아갔습니다. 때마침 최원도의 집에서는 잔치를 벌이는 중이었습니다. 이원령은 우선 행랑채에 들어가 쉬기로 했습니다. 그런데 최원도가 여러 사람이 보는 앞에서 이원령을 내쫓았습니다. 그뿐만이 아니었습니다. 행랑채에 불을 질렀습니다. 이원령은 최원도가 일부러 그러는 것이라고 믿었습니다. 그래서 아버지를 모시고 최원도의 집에서 그리 멀지 않은 숲속에 숨었습니다.

밤이 되자 최원도가 와서 이원령과 그의 아버지를 모시고 자기 집으로 데려가 다락방에 숨겨주었습니다. 이후 최원도는 실성한 사람처럼 행동했습니다. 한꺼번에 밥을 삼 인분씩 먹는가 하면 방안에서 대소변을 보았습니다. 모두 이원령 부자를 숨겨주기 위한 행동이었습니다.

한편 신돈은 영천 관아에 공문을 보내 이원령 부자를 잡아 오라고 명령했습니다. 잔칫날의 풍경만 기억하는 사람들은 최원도가 이원령 부자를 내쫓았다고 증언했고 덕분에 이원령 부자는 목숨을 유지했습니다. 은둔 생활 중 이당이 사망하자 최원도는 자신의 아버지를 잃은 것처럼 슬퍼하며 장례를 치르고 자신의 어머니 묘소 근처에 산소를 마련했습니다.

1371년 7월 신돈이 역모를 꾀했다는 혐의로 붙잡혀 수원으로 유배되었다가 일당들과 죽임을 당한 후 이원령은 집으로 돌아왔습니다. 그는 죽었다가 살아온 것을 계기로 이름을 이집(李集)으로, 자(字)를 호연(浩然)으로 바꾸었습니다. 이름과 자는 『맹자』「공손추 상」에 나오는 "호연지기(浩然之氣)는 집의(集義)에서 생긴다"라는 구절에서 빌려왔습니다. 이 문장은 '넓고 큰 기개는 의가 모여서 생긴다'라는 뜻입니다. 이원령은 숨어서 산 괴로움을 잊지 않겠다는 마음으로 호를 둔촌(遁村)이라고 했습니다. 둔(遁)은 달아나다, 숨다라는 뜻입니다. 서울특별시 강동구 둔촌동은 여기에서 생겨난 명칭입니다.

요즈음 광주 이씨 둔촌공파는 이당의 시제(時祭) 때마다 최원도와 그 모친에게도 제사를 드립니다. 광주 이씨와 영천 최씨 후손들은 이집과 최원도의 각별한 우정을 기리기 위해 같은 날 묘제를 지내며 상대방 조상 묘를 참배하고 있습니다.

형경과 고점리

위나라 사람 형경은 격투기와 검술에 능했는데 연나라로 가서 축(筑)이라는 악기를 잘 타는 고점리와 친하게 지냈습니다. 술을 좋아하는 형경이 날마다 얼큰하게 취하면 고점리가 축을 연주했습니다. 형경은 그 소리에 맞추어 노래를 부르며 즐겼고 그러다가 서로 울기도 했습니다. 형경이 연나라로 갔을 때 그곳의 선비 전광 선생이 그를 잘 대접했습니다. 전광 선생은 형경이 보통 사람이 아니라고 믿었습니다.

얼마 후 진나라에 볼모로 잡혀갔던 연나라의 태자 단이 연나라로 도망쳐 왔습니다. 단이 진나라 왕인 정과 사이가 틀어졌기 때문입니다. 얼마 후에 진나라 장수 번오기가 왕에게 미움을 받고 연나라로 망명해 왔습니다. 주변 사람들이 번오기를 받아주면 진나라 왕에게 연나라를 쳐들어올 빌미를 주는 거라며 말렸습니다. 그러나 단은 번오기를 받아주었습니다.

태자 단은 이 어려움을 해결하려고 전광 선생을 만났습니다. 전광 선생은 태자에게 진나라 왕을 암살할 자객으로 형경을 추천했습니다. 태자는 전광 선생에게 비밀이 새나가지 않도록 해달라고 각별히 당부했습니다. 전광은 형경을 찾아가 진나라 왕 암살 계획을 알렸습니다. 그러고는 형경더러 태자를 찾아가 비밀이 새나갈 염려가 없어졌다는 것을 분명히 전해달라며 그 앞에서 목을 찔러 자결했습니다. 이제 진나라 왕 암살 계획을 아는 사람은 연나라 태자와 형경뿐이었습니다. 형경은 여러 날 고민한 끝에 진나라 왕을 살해하기 위한 방안을 내놓았습니다.

"진나라에 간다고 해도 왕 앞에 가까이 갈 수 없습니다. 진나라 왕은 번오기를 황금 천 근과 만 호의 식읍을 내걸고 찾고 있습니다. 만일 번 장군의 머리와 연나라의 기름진 땅 독항의 지도를 바치겠다고 하면 진나라 왕은 반드시 기뻐하며 신을 만나려 할 것입니다. 그때 그를 죽일 수 있을 것입니다."

태자는 번오기가 자기에게 몸을 맡긴 사람이므로 그 계책을 들어줄 수 없었습니다. 형경은 태자 몰래 번오기를 만나 자기 계획을 말했습니다. 그러자 번오기는 조금도 망설이지 않고 이것이야말로 밤낮으로 이를 갈며 고대하던 일이었다면서 스스로 목을 찔러 죽었습니다.

마침내 형경이 진나라로 떠나는 날이 밝았습니다. 역수라는 강을 건너갈 때 고점리가 축을 연주하고 형경이 여기에 맞추어 노래를 불렀습니다.

바람 소리 소슬하고
역수는 차갑구나!
사나이가 한 번 떠나면
다시는 돌아오지 못하리

진나라 왕을 암살하려는 형경의 계획은 성공하거나 실패할 것입니다. 성공하면 그는 진나라 사람들 손에 죽을 테고, 실패하면 진나라 왕의 손에 죽을 것입니다. 고점리는 이래저래 죽을 수밖에 없는 길로 떠나는 형경을 노래로 배웅했습니다.

형경은 진나라 왕 가까이 가는 데 성공합니다. 하지만 진나라 왕의 소매를 잡고 찌르려는 순간, 진나라 왕이 놀라서 몸을 당겨 일어서는 바람에 소매가 떨어졌습니다. 형경은 진나라 왕을 놓쳤고 결국 진나라 왕에게 죽임을 당했습니다.

몇 년 후 진나라는 천하를 통일하고 왕은 황제가 되었습니다. 우리가 진시황이라고 기억하는 그 사람입니다. 고점리는 성과 이름을 바꾸고 다른 사람의 머슴이 되어 숨어 지냈습니다. 고점리는 두려움과 가난 속에 숨어 지내봐야 끝이 없겠다고 생각했습니다. 그래서 자기 신분을 드러냈고 그 소문이 진나라 황제에게 전해졌습니다. 진시황이 그를 불러 만났을 때 어떤 사람이 고점리를 알아보았습니다. 진나라 시황은 고점리의 음악 솜씨를 아까워하여 그를 용서하는 대신 눈을 멀게 했습니다. 고점리는 맹인이 된 채 매일 진시황 앞에 불려와 음악을 연주해야 했습니다. 여러 날이 지났고 진시황은 고점리를 점점 가까이 오게 했습니다. 고점리는 축 속에 납덩어리를 감춘 후에 시황 가까이 갔을 때 축으로 시황을 내리쳤습니다. 하지만 맞지 않았습니다. 눈을 잃은 상태였기에 정확하게 맞출 수 없었습니다. 고점리는 이렇게 친구 형경을 따라갔습니다. 형경과 고점리는 우정을 상징하는 의인으로 남았습니다.

회색 노트

단행본 한 권 분량의 소설을 장편소설(長篇小說)이라고 합니다. 말 그대로 길이가 긴 소설이지요. 이보다 훨씬 더 긴 작품도 있습니다. 단행본 여러 권 분량의 소설은 대하소설(大河小說)이라고 합니다. 대하소설은 큰 강처럼 긴 세월 동안 여러 사람이 겪는 다양한 사건을 다루기 때문에 분량이 방대합니다.

프랑스 작가 로제 마르탱 뒤 가르가 쓴 대하소설 『티보 가의 사람들』은 1937년 노벨문학상 수상작입니다. 당시 스웨덴 한림원은 "인간의 투쟁과 현대 생활의 여러 단면들을 날카롭게 묘사한 힘찬 사실주의를 높이 평가한다"라고 선정 이유를 밝혔습니다.

알베르 카뮈와 앙드레 지드 같은 내로라하는 작가들에게 찬사를 받은 이 작품은 우리나라에도 번역되었습니다. 불문학자

정지영 교수가 무려 십 년간 매달려서 완전히 번역했습니다. 정지영 교수가 이 책을 번역한 것이 계기가 되어 『프라임 불한사전』을 발간한 것은 널리 알려진 이야기입니다.

이 작품은 모두 8부로 이루어져 있습니다. 그중 제1부, 「회색 노트」의 줄거리는 이렇습니다. 열네 살 소년인 자크 티보와 다니엘 드 퐁타냉은 한 권의 회색 노트에 자신들만의 생각과 시를 적어서 바꾸어보았습니다. 두 사람만의 교환 일기를 만든 것이지요. 그런데 어느 날 어른들이 그것을 발견하고 사정없이 비판합니다. 반발심과 수치심을 견디지 못한 자크와 다니엘은 가출합니다. 가출은 불과 며칠 후 마르세유에서 끝이 납니다. 그들은 경찰에 인계되어 파리로 다시 끌려옵니다. 퐁타냉 부인은 며칠 동안 잠을 못 잔 얼굴로 다니엘을 맞아들입니다. 반면에 티보 씨는 막내아들인 자크를 냉정하게 대합니다. 그뿐만이 아닙니다. 아들을 자기가 세운 콩피에뉴 근처의 감화원(소년원)에 보내기로 결정합니다. 감화원으로 떠나기 전날 자크가 퐁타냉에게 편지를 보냅니다.

친구여,

내가 유일하게 사랑하는 친구, 내 삶의 사랑이며 아름다움인 벗이여!

나는 너에게 이 글을 유언으로 쓴다.

그들은 나를 너에게서 떼어놓고 모든 것으로부터 떼어놓고 지금 나를 어떤 곳에 처넣으려고 한다. 그곳이 어디인지 또 어디에 있는지는 너에게 말할 용기조차 없다. 나의 아버지가 부끄럽다!

나는 너를, 나의 유일한 친구이며 나를 선량하게 만들 수 있는 오직 단 하나의 친구인 너를, 다시는 못 만나게 될 것 같다.

아듀, 친구여 아듀!

그 자들이 나를 너무 불행하게 만들고 너무 괴롭히면 난 자살해버리겠다. 그때는 내가 일부러 자살했다는 것을, 그들 때문에 내가 죽었다는 것을 그들에게 말해다오! 하지만 나는 그들을 사랑했었다!

그러나 저 세상의 문턱에서 내가 마지막으로 생각할 사람은, 친구여, 그건 너일 것이다.

아듀!

친구는 저승 문턱에서 이승에서의 삶을 회상할 때 마지막으로 생각할 사람이라는 구절에 가슴이 먹먹해집니다. 옛날부터 친구의 소중함을 강조하는 말은 수없이 많았습니다. 우선 소크라테스는 '친구란 두 개의 육체에 깃든 하나의 영혼'이라는 명언을 남겼습니다. 비록 몸은 둘로 나누어져 있지만 영혼은 나눌 수 없는 사람을 친구라고 합니다. 우리나라에서는 박지원을 비롯한 북학파들이 우정에 관심이 많았습니다. 그들은 친구를 '제2의 나', '같은 방을 쓰지 않는 아내', '동기간이 아닌 형제' 등으로 여겼습니다. 『순자』「수신」에는 "나를 비난하면서도 올바른 사람이 스승이고, 나를 옳게 여기면서 올바른 사람이 친구이다"라는 글귀가 남아 전합니다. 그렇다면 어떤 친구 관계를 맺어야 할까요? 『논어』에 이런 문장이 보입니다.

(군자는) 학문으로써 친구를 모으고 친구로써 인의 향상을 돕는다.

以文會友 以友補仁 (이문회우 이우보인)

유교에서는 최고의 인격자를 군자라고 합니다. 군자는 학문을 갈고닦기 위해 친구들과 모입니다. 그 친구들과 어울리면서 인(仁, 사람다움)의 수준을 높여갑니다. 이제 자기 친구가 어떤 사람인지, 자신은 다른 이에게 어떤 친구로 남을지 고민을 시작해 보면 좋겠습니다.

K씨네 가족

한 사람의 생애를 이야기할 때 빼놓을 수 없는 또 다른 사람, 서로에게 그렇게 각별한 우정이 있습니다. 이중섭 화백과 구상 시인이 그렇습니다. 이중섭은 뛰어난 재능을 갖고도 역사의 격동기에 휩쓸려 지독한 가난 속에 외롭게 살다갔습니다. 그는 일본 유학에서 돌아온 후 원산에서 교사 생활을 시작했습니다. 유학 당시 그에게 반했던 마사코가 일본에서 찾아오면서 둘은 결혼해 두 아들을 얻었습니다. 해방 후 북에 공산 정권이 들어서면서 창작 활동에 제약을 받은 그는 한국전쟁 중 자유를 찾아 남으로 내려왔습니다. 처음에는 제주도에 정착했지만 생활고 때문에 부산으로 이주했고 부인과 자녀들은 일본으로 건너갔습니다. 이중섭은 부산과 통영 등을 떠돌며 지내다 1953년 일본에 가서 가족들을 만났지만 며칠 만에 홀로 부산으로 돌아왔습니다. 그는 이후 가족과의 재회를 염원하다 정신이상과 영양실조를 얻어 마흔하나 젊은 나이에 쓸쓸히 세상을 떠났습니다. 그가 숨을 거둔 적십자 병원에서는 그를 '간장염으로 사망한 무연고자'로 분류해 영안실인 '영생의 집'에 안치했습니다.

한편 구상은 일본 유학에서 돌아와 1942년부터 1945년까지 함흥에서 기자로 일했습니다. 1946년 원산 문학가동맹이 해방을 기념해 발간한 시집 『응향』에 구상이 발표한 시 세 편이 북한 당국의 미움을 받았습니다. 북한 당국은 구상 시인이 예술지상주의적, 퇴폐주의적, 악마주의적, 부르주아적, 반인민적이라고 비판했습니다. 그는 1947년 2월 원산을 탈출하여 월남했습니다. 이후 교육자와 시인으로 지내면서 기독교적 세계관을 바탕으로 불교와 노장 사상까지 포괄하는 작품을 발표했습니다.

이중섭이 『응향』의 표지를 그리게 되면서 두 사람은 관계를 맺었습니다. 이후 이중섭 화백이 삶의 고단함에 휘청거릴 때마다 구상 시인이 곁을 지켰습니다. 이중섭은 그림 도구를 살 형편이 못 되어서 골판지나 담배 은종이에 그림을 그려야 했습니다. 이렇게 그린 작품들을 가지고 서울 미도파 화랑에서 꿈에 그리던 개인전을 열었습니다. 구상은 이 개인전을 무척 기뻐했습니다. 그리고 자기가 살던 대구로 이중섭을 초대하여 개인전을 열도록 주선해주었습니다. 가난과 병마 앞에서 쓰러져가던 이중섭을 적십자병원으로 옮겨준 친구도 구상이었습니다.

이중섭의 〈K씨네 가족〉은 구상 시인의 가족을 그린 작품입니다. 자전거를 타며 즐거워하는 어린 아들을 흐뭇하게 바라보는 구상 부부의 모습과 그 광경을 지켜보는 이중섭 자신을 그려 넣었습니다. 이 그림은 일본에 있는 가족을 그리워 하는 이중섭의 슬픔이 아로새겨진 작품입니다. 이중섭 화백은 행복하게 살아가는 친구네 가족에게서 자신의 아픔을 절감한 듯합니다.

구상 시인을 대표하는 연작시집 『초토(焦土)의 시』 표지도 이중섭이 그렸습니다. 초토(焦土)는 '불에 탄 땅'으로 전쟁에 짓밟힌 우리나라와, 그곳의 비극적인 삶을 의미합니다. 구상은 시에 이중섭을 그리는 애절함을 담았습니다. 구상이 이중섭에게 건네는 말 형식인 「초토(焦土)의 시 14」를 소개합니다.

> 자네가 간 후에도 이승은 險(험)하기만 하이. 나의 마음도 고약만 하여지고 첫째 덧정 없어 이러다간 자네를 쉬이 따를 것도 같네만 極惡無道(극악무도)한 내가 간들 자네와 이승에서듯이 만나 즐길 겐가 하구 곰곰중일세.
>
> 깜짝 추위에 요새 며칠 感氣(감기)로 누웠는데 망우리 무덤 속에 자네 뼈다귀들도 달달거리지나 않나 애가 달지만 이건 나의 괜

스런 걱정이겠지. 어쨌든가 봄이 오면 잔디도 입히고 꽃이라도 가꾸어 줌세.

밖에 나가면 만나는 친구들마다 어두운 얼굴들이고 利錫(이석)이만은 당(장)가를 들겠다고 벌쭉이지만 그도 너무나 억차서 그래보는 거겠지. 몸도 몸이려니와 마음이 추워서들 불 대신 술로 난로를 삼자니 거진 매일 도릴세.

자네는 이제 모든 게 아무치도 않어 참 좋겠네. 어디 顯夢(현몽)이라도 하여 저승 소식 알려줄 수 없나. 자네랑 나랑 친하지 않었나 왜.

구상은 1957년 일본에서 열린 도쿄 국제펜클럽 대회에 한국 대표로 참가했습니다. 이때 이중섭의 유해를 가지고 가 마사코에게 건넸습니다. 그는 1975년 이중섭기념사업회를 만들어 사방에 흩어졌던 이중섭의 작품을 모았습니다. 1986년과 1999년 열린 이중섭 작품 전시회에 깊이 관여하면서 먼저 간 친구를 보듬었던 구상은 2004년 이중섭이 있는 곳으로 떠났습니다.

이중섭과 구상은 서로 다른 예술 분야에서 이름을 빛내며 우뚝 섰습니다. 그 이름은 남들이 흉내내기 어려운 우정으로 더욱 빛납니다.

정병욱과 강처중

윤동주(1917~1945) 시인은 북만주에서 태어나 그곳에서 중학교를 마친 후 서울로 와서 연희전문학교에 입학했습니다. '죽는 날까지 한 점 부끄럼이 없기를' 갈망했던 그는 말수가 적고 대인관계의 폭이 넓지 않았습니다. 그는 연희전문학교 시절 후배 정병욱(1922~1982)과 유난히 가깝게 지냈습니다. 정병욱은 기숙사 시절을 이렇게 기억했습니다.

> 그는 나를 아우처럼 귀여워해주었고, 나는 그를 형으로 따랐다. 기숙사에 있으면서 식사 시간이 되면 으레 내 방에 들러서 나를 이끌어 나가 식탁에 마주앉았기로 나는 식사 시간이 늦어도 그가 내 방에 노크할 때까지 그를 기다리곤 했었다. 신입생인 나는 모든 생활의 대중을 동주로 말미암아 다져갔고, 시골뜨기 때

가 동주로 말미암아 차차 벗겨져 나갔었다. 책방에 가서 책을 뽑았을 때에도 그에게 물어보고야 책을 샀고, 시골 동생들의 선물을 살 때에도 그가 골라주는 물건을 사서 보냈다.

두 사람은 기숙사를 나와 소설가 김송 씨의 집에서 함께 하숙을 하기도 했습니다. 그 무렵 윤동주는 자신이 쓴 작품 열아홉 편을 모아서 시집을 발간하고 싶었지만 그에 필요한 돈을 마련할 길이 없었습니다. 게다가 일제가 한국어 말살 정책을 펴면서 한국어로 된 서적 출판을 허가하지 않았습니다.

윤동주는 결국 꿈을 접어야 했습니다. 그는 자필로 원고를 쓴 후 손수 세 권을 만들었습니다. 그중 한 권에 '정병욱 형 앞에 윤동주 정(呈)'이라고 써서 정병욱에게 주었습니다. 정(呈)은 윗사람에게 책을 드릴 때 사용하는 말입니다. 윤동주 시인이 후배인 정병욱에게 예의를 갖추려 애쓴 흔적이 뚜렷합니다. 다른 한 권은 연희전문 문과대학의 이양하 교수에게 드렸습니다. 마지막 한 권은 일본으로 유학갈 때 품에 넣었습니다. 이후 윤동주는 일본 후쿠오카 형무소에서 사망했습니다.

정병욱은 학병에 징집되어 전선에 투입되었다가 파편을 맞아 큰 부상을 입고 고향에 돌아 왔습니다. 정병욱은 해방이 된 뒤에야 윤동주가 사망했음을 알았습니다. 정병욱은 어수선한 서울을 떠나 고향으로 내려갔습니다. 그의 모친은 아들이 징병으로 끌려갈 때 "잘 보관해 달라"던 윤동주의 시 노트를 그대로 간직하고 있었습니다. 정병욱의 모친은 마루 밑 비밀 장소에다 그 시집을 숨겨두었습니다. 마루널 아래 땅을 깊이 파서 그 속에 짚을 깐 다음 큰 독을 들여놓았습니다. 일본 경찰이 들이닥친다 해도 식구들만 알고 있는 그 비밀 장소는 들킬 염려가 없었습니다. 해방 직후 윤동주 시인의 아우 윤일주가 열아홉 어린 나이로 혼자서 월남했습니다. 정병욱 시인은 윤일주에게 이 원고를 전했습니다.

정병욱은 국문학사에 뚜렷한 발자국을 남긴 학자가 되었습니다. 그는 자신의 호를 백영(白影)이라고 지었습니다. '흰 그림자'라는 의미인데 윤동주의 시 「흰 그림자」를 옮겨온 것으로 보입니다.

윤동주 시인이 있게 한 또 한 명의 주인공은 연희전문 기숙사 시절 룸메이트였던 친구 강처중(1916~미상)입니다. 연희전문에 입학하자마자 기숙사에 입사한 윤동주는 송몽규, 강처중과 한 방을 사용했습니다. 강처중은 정병욱이 보관하고 있던 필사본 시집에 들어가지 않은 나머지 시 원고를 해방될 때까지 보관했습니다. 더구나 연희전문학교 졸업 앨범, 앉은뱅이 책상 등 윤동주가 일본으로 가져가지 못했던 물건을 사 년이 넘도록 챙겨두었다가 윤일주에게 전했습니다. 그뿐만 아닙니다. 1942년부터 1945년 2월 옥사할 때까지 윤동주가 일본에서 쓴 시 중에 지금까지 남아 있는 것은 단지 다섯 편뿐인데 모두 윤동주가 강처중에게 보낸 편지 속에 들어 있었습니다.

강처중은 해방 후에 《경향신문》 기자로 근무했는데 1947년 2월 13일자 《경향신문》에 「쉽게 씌어진 시」를 실었습니다. 여기에 당시 《경향신문》 주간이었던 정지용 시인의 소개문까지 붙였습니다. 윤동주는 강처중 덕분에 처음으로 세상에 이름을 알렸습니다. 1948년 1월 30일 정음사에서 윤동주의 첫 시집 『하늘과 바람과 별과 시』를 발간했습니다. 여기에는 정지용의 서문과 강처중의 발문, 유령의 추모시, 「서시(序詩)」를 포함한 서른한 편의 시를 세 부로 나뉘어 수록했습니다. 이 중 열아홉 편은 정병욱이, 열두 편은 강처중이 보관했던 작품입니다. 당시만 해도 윤동주는 이름이 알려지지 않은 시인이었습니다. 강처중이 윤동주를 더 널리 알리려고 문단을 대표하는 정지용 시인에게 서문을 부탁한 것입니다. 강처중의 발문 중 일부를 인용합니다.

> "동주 돈 좀 있나?" 옹색한 친구들은 곧잘 그의 넉넉지 못한 주머니를 노리었다. 그는 있고서 안 주는 법이 없었고 없으면 대신 외투든 시계든 내주고야 마음을 놓았다. 그래서 그의 외투

나 시계는 친구들의 손을 거쳐서 전당포 나들이를 부지런히 하였다.

이런 동주도 친구들에게 굳이 거부하는 일이 두 가지 있었다. 하나는 "동주 자네 시 여기를 좀 고치면 어떤가" 하는 데 대하여 그는 응하여주는 때가 없었다. 조용히 열흘이고 한 달이고 두 달이고, 곰곰이 생각하여서 한 편 시를 탄생시킨다. 그때까지는 누구에게도 그 시를 보이지를 않는다. 이미 보여주는 때는 흠이 없는 하나의 옥이다. 지나치게 그는 겸허온순하였건만, 자기의 시만은 양보하지를 안 했다.

1916년 함경남도 원산에서 부유한 한의사의 아들로 태어난 강처중은 과묵한 편이었으며 연희 전문 시절 '영어 도사'로 불릴 만큼 어학 실력이 뛰어났습니다. 그는 사학년 때 문과학생회 회장을 맡기도 했습니다. 하지만 좌익인사였기 때문에 우리 문학사에서 그에 관한 자료는 많지 않습니다. 전문가의 연구에 따르면 강처중은 남한과 북한 양쪽에서 외면받은 불행한 인물이었다고 합니다.

누구나 개인의 노력만으로 후세에 기억되는 건 아닙니다. 주변 사람들의 도움 덕분에 자취를 남긴 사람이 많습니다. 스물여덟 짧디짧은 생애를 살았던 윤동주도 그중 한 명입니다. 정병욱과 강처중. 윤동주와 함께 기억해야 할 이름들입니다.

허약한 마마보이

충무공 이순신(1545~1598)은 두 얼굴의 사나이였습니다. 그는 자신을 부당하게 처벌한 임금에게 끝까지 충성했고, 배 열두 척으로 세계 해전사에 길이 남을 승리를 올린 명장입니다. 그런데 충무공이 임진왜란 중에 남긴 『난중일기』를 읽으면 그가 우리의 생각과는 크게 다른 면모를 지녔다는 점을 알 수 있습니다.

우선 충무공은 마마보이였습니다. 네 아들 가운데 셋째로 태어나 어머니 변씨 부인에 대한 효심이 남달랐던 충무공은 부임지에 있느라 어머니를 가까이서 모시지 못하는 걸 늘 안타까워하면서 그 마음을 『난중일기』에 절절히 드러냅니다. 오늘날 전해지는 『난중일기』는 임진년(1592년) 1월 1일부터 시작되는데 첫 장에 설날 아침 어머니 곁을 떠나 두 번이나 남쪽에서 설을 쇠니 간절한 회한을 이길 수 없다는 내용이 보입니다. 어머니의 생신인 5월 4일에는 술잔을 올리지 못하는 게 평생 한이 되겠다고 마음 아파합니다. 1594년 1월 11일에는 어머니를 뵈려고 배를 타고 갑니다. 잠에서 막 깨어난 늙은 어머니가 그를 보고 반가움에 가쁜 숨을 몰아쉬는 모습을 보고 충무공은 살아 계실 날이 얼마 남지 않았다며 눈물 흘립니다. 그 후로 충무공은 어머니가 이질에 걸렸다는 소식에 크게 염려하고 이질이 나은 뒤에는 밥맛이 쓰다고 하신다며 걱정하다가, 1596년 3월 27일 어머니가 편안히 지낸다는 소식을 아우에게 듣고 매우 기뻐합니다. 같은 해 5월 4일에도 어머니 생신인데 만수무강을 기원하는 술을 드리지 못했다고 아쉬워하고 8월 12일에는 오랫동안 어머니 소식을 듣지 못해 매우 답답하다는 기록을 남겼습니다. 그러다 결국 어머니를 만나기 위해 먼 길을 떠납니다. 윤8월 12일의 일기입니다.

> 하루 종일 노를 바삐 저어 이경(밤 아홉 시에서 열한 시 사이)에 어머님께 이르렀다. 백발이 성성한 채 나를 보고 놀라 일어나시는데 숨이 곧 끊어지려 하시는 모습이 아침저녁을 보전하기가 어렵겠다. 눈물을 머금고 서로 붙들고 앉아 밤새도록 위안하며 기쁘게 해 드려 마음을 풀어 드렸다.

충무공은 이튿날 어머님 곁을 떠나 병영으로 돌아왔습니다. 어머니는 이듬해인 1597년 4월 13일에 세상을 떠났습니다. 충무공은 어머니 영전에서 무너져 내렸습니다.

> 얼마 후 종 순화가 배에서 와서 어머님의 부고를 전했다. 달려나가 가슴을 치고 뛰며 슬퍼하니 하늘의 해조차 캄캄해보였다. 바로 해암으로 달려가니 배는 벌써 와 있었다. 길에서 바라보며 가슴이 찢어지는 슬픔을 이루 다 적을 수가 없다. 후에 대강 적었다.

한편으로 충무공은 무척 병약했습니다. 걸핏하면 아팠고 한 번 아프면 일주일, 심지어는 열흘이 지나도록 자리에서 일어나지 못했습니다. 『난중일기』를 읽고 나면 그가 질병과는 담을 쌓고 기운 넘치는 근육질의 남성이라기보다는, 여기저기 아픈 몸에 힘겨워한 허약한 중년남성이었다는 사실을 알게 됩니다. '침 열여섯 군데를 맞았다', '신음으로 날을 새웠다', '몸이 춥고 불편해서 앓다가 토하고 잤다', '몸이 몹시 불편하여 저녁 식사를 하지 않았고 종일 고통스러워했다', '몸이 너무 불편하여 길을 떠날 수가 없었다', '구토를 여남은 차례 하고 밤새도록 고통스러웠다', '용변도 보지 못하였다', '식은땀이 온몸을 적셨다' 등 그의 질병에 대한 기록은 『난중일기』의 군데군데 등장합니다.

저는 이순신이 허약한 육신으로도 누구보다 강인하고 용감한 인간으로 남았기 때문에 위대하다고 생각합니다. 다른 친구들보다 나는 몸과 마음이 약하다고 자책하고 있지는 않은가요? 허약한 몸은 훗날 여러분의 훌륭함을 증거할 수도 있습니다. 충무공까지는 아니더라도 말이지요.

노블레스 오블리주

양역노비는 가히 우대해주고 금품을 주어 구제해주지 않으면 안 되거늘 주인집은 덜고 노비집을 더해주는 도(道)로서 주인집이 자기 몸을 스스로 잘 보양함을 줄이며 매번 노비의 의식을 우대하여 나를 바라보고 사는 사람으로 하여금 가난하게 하거나 고통스럽게 해서 원한을 품는 바가 없도록 하는 게 지극히 옳다.

조선 중기 사대부 고산 윤선도 선생께서 아들에게 보낸 편지의 일부분입니다. 이 편지는 고산이 1660년 함경도 삼수로 유배갔을 때 맏아들 윤인미에게 보냈습니다. 이 편지에서 고산은 사람과 말과 재물을 아낄 것, 노비를 자애로움으로 다스릴 것, 『소학』을 실천할 것 등을 강조했습니다. 아들들은 그의 가르침을 잘 받들었습니다.

맏아들 윤인미는 체구가 무척 커서 여덟 척이 넘었다고 전해집니다. 용모가 중후했으며 하루에 몇 되 이상을 먹는 대식가였습니다. 그런 외모에 맞게 도량이 크고 담대하여 힘들어 하는 내색도 없이 집안을 잘 돌보았습니다. 고산이 말년에 대소변을 가리지 못하게 되자 윤인미가 노비를 시키지 않고 직접 수발했다는 기록이 전해집니다.

집안의 노비를 함부로 대하지 않도록 가르쳤던 고산은 진도군 임회면 굴포리에 간척 사업을 하여 이백 정보(町步), 즉 육십만 평의 농토를, 완도군 노화면 석중리에 백삼십정보, 즉 삼십구만 평의 농토를 만들었습니다. 고산은 임회면의 땅은 농민들에게 무상으로 제공했습니다. 진도군 임회면 굴포리에는 고산을 기리는 사당과 비석이 남아 있습니다. 지금도 굴포리, 남선리, 백동리, 선동리 네 개 마을 주민들은 일 년에 한 번씩 고산을 기리는 마을제사를 지냅니다.

양반과 노비의 구별이 엄격했던 시대에 살면서도 노비를 함부로 대하지 않았던 고산의 정신은 증손자 윤두서에게 전해졌습니다. 윤두서는 아버지인 윤이후가 사망한 다음 해인 1699년 노비 홍렬의 손자 위상 등에게 글을 써주었습니다. 그 글에 이런 내용이 보입니다.

옛사람이 낡은 천을 버리지 않은 것은 개를 장사 지내기 위해서였다. 낡은 채찍을 버리지 않음은 말을 장사 지내기 위해서였다. 어진 사람이 물건을 대하는 행위가 이와 같다. 모름지기 개와 말에도 이처럼 인애(仁愛)가 이르는데 하물며 사람에게 있어서랴. 위에 기록한 것은 법에 말해지지 않았다. 살아서는 부려먹고 죽어서는 그 재산을 몰수하니 이 어찌 어진 사람이 할 일인가. 하물며 법전에도 없음에랴. 나는 너희 할아버지의 몸이 죽은 뒤 조금도 위에 기록한 것처럼 하지 않을 것이다. 너는 이 글을 후일의 증거로 삼도록 해라.

홍렬은 고산 때부터 윤씨 집안의 일을 도맡았던 노비입니다. 홍렬이 죽게 되자 그 재산을 어떻게 할 것인가 논의가 벌어졌습니다. 그 당시에는 노비가 죽으면 주인이 재산을 거두는 관습이 있었습니다. 윤두서는 노비가 생전에 모은 재산은 그 자손에게 돌려주어야 마땅하다고 믿었습니다. 그래서 관습을 따르지 않았습니다. 그뿐만 아니라 훗날 말썽이 생길까 봐 자기가 한 약속을 문서로 남겨두었습니다.

어느 사회든지 지도층이 모범을 보여야 합니다. 사회적 신분이 높을수록 그에 맞는 도덕적 의무를 지녀야 합니다. 이를 노블레스 오블리주(noblesse oblige)라고 합니다. 이것은 초기 로마 시대에 왕과 귀족들이 높은 도덕 의식을 발휘한 데서 비롯되었을 만큼 유래가 오래되었습니다. 외국에는 이를 실천한 지도층이 많았고 그 전통이 지금도 지켜집니다. 제1, 2차 세계대전에서는 영국 고위층 자녀가 다니던 이튼칼리지 출신 중 이천여 명이 전사했습니다. 포클랜드전쟁 때 영국의 앤드루 왕자는 전투헬기 조종사로 참전하여 상대방의 미사일 방향을 교란시키기 위해 쇳가루를 뿌리는 위험한 임무를 수행했습니다. 한국전쟁 때는 미군 장성의 아들이 백마흔두 명이나 참전해 서른다섯 명이 목숨을 잃거나 부상당했습니다. 미8군 사령관 밴플리트의 아들은 야간폭격 임무수행 중 전사했으며 드와이트 아이젠하워 대통령의 아들도 육군 소령으로 참전했습니다. 중국 지도자 마오쩌둥이 한국전쟁에 참전한 아들의 전사 소식을 듣고 시신 수습을 포기하도록 지시했다는 일화는 아주 유명합니다.

오늘날의 한국 사회는 어떤가요? 노블레스 오블리주를 지키는 사람이 없지는 않습니다. 하지만 그와 정반대인 사람들이 더 많아 보입니다. 윗물이 맑아야 아랫물이 맑습니다. 우리 사회의 윗물은 혼탁할 대로 혼탁해 보입니다. 혹시 여러분도 그 혼탁함에 찌들까 걱정이 되어 고산 윤선도 선생의 이야기를 들려주었습니다.

돌아오지 못한 다섯 아들

'오성과 한음' 이야기로 친숙한 오성 이항복(1556~1618)의 가문은 재상을 열 명이나 배출했습니다. 하지만 재상이 많이 나왔다고 해서 그들을 기억하려는 건 아닙니다. 그보다는 일제에게 나라를 빼앗겼을 때 후손들이 보인 행적 때문입니다. 이항복의 10대손인 이유승은 고종 때 이조판서를 지냈습니다. 그는 여섯 아들과 두 딸을 두었습니다. 맏아들 이건영(1853~1940), 둘째 이석영(1855~1934), 셋째 이철영(1863~1925), 넷째 이회영(1867~1932), 다섯째 이시영(1869~1953), 막내아들 이호영(1875~1933)입니다. 이들은 1905년 을사늑약이 체결되었을 당시 서울 명례방 저동에 살았습니다. 지금의 명동성당 앞입니다.

이들 형제 중 우당 이회영은 가장 먼저 낡은 인습과 사상을 깨트렸습니다. 이회영은 집안에서 전해지던 노비 문서를 불태

우고 노비를 해방시켰습니다. 노비 중 일부가 옛 주인과의 의리를 지키겠다며 남아 있자 그때부터는 노비가 아니라며 임금을 지급했습니다. 그는 1907년 상동 감리교회 지하에서 양기탁, 이동녕과 함께 신민회를 조직했고 일제와 싸우리라 결심합니다. 고관대작으로 누리는 부귀영화를 스스로 포기한 것입니다.

여섯 형제는 부랴부랴 재산을 정리했습니다. 빨리 처리하느라 헐값에 팔았는데도 워낙 재산이 많아서 한 달이나 걸렸습니다. 여섯 형제는 조상들 제사를 지내기 위해 남겨두었던 토지마저 처분했습니다. 이들이 처분한 재산은 당시 화폐로 총 사십만 냥, 오늘날 돈으로 육백 억이 넘는 돈입니다. 이들 형제는 만주로 떠났습니다.

만주로 간 이회영은 신흥무관학교를 세웠습니다. 신흥(新興)은 신민회의 '신(新)'과 구국 투쟁이 왕성하게 일어난다는 뜻의 '흥(興)'을 결합한 것입니다. 이름에 담겨 있듯이 이 학교는 신민회의 결의를 바탕 삼아 독립운동을 일으키겠다는 목표로 설립되었습니다. 이 학교는 학비는 물론 숙식을 모두 무료로 제공했는데 그 비용은 이회영 형제가 집안의 재산을 처분한 돈이었습니다. 신흥무관학교는 1920년까지 약 이천여 명의 졸업생을 배출했는데 그들은 홍범도와 김좌진의 부대에서 핵심적인 역할을 맡았습니다. 지청천 등은 삼백여 명의 신흥무관학교 졸업생과 생도들로 교성대(教成隊)를 구성해 김좌진이 이끄는 북로군 정서에 참여해 그해 10월 청산리전투에서 큰 공을 세웠습니다. 또한 신흥무관학교 출신들은 중국 본토 지역에서 활동하면서 의열단과 임시정부 산하의 광복군을 이끌었습니다.

신흥무관학교를 운영하고 독립운동에 헌신하는 동안 이회영 집안은 빈털터리가 되었습니다. 1932년 11월 주만주일본군사령관을 암살하려고 대련(大連)으로 향하던 이회영은 일본에 체포되어 혹독한 고문을 받았습니다. 당시 예순다섯 노인이었던 그는 유치장에서 일제의 고문에 목숨을 잃었습니다. 일제는 선생이 "유치장 안에서 빨랫줄로 목을 매 자결했다"라고 거짓 발표를 하고 서둘러 화장까지 마쳤습니다. 이회영의 형제들도 조국 해방의 꿈을 이루지 못하고 낯선 중국에서 하나 둘 스러져갔습니다. 1945년 해방이 되었을 때 살아서 돌아온 사람은 이시영 혼자였습니다.

약속

1931년에 이봉창(1900~1932)이라는 젊은이가 거류민단으로 백범을 찾아 왔습니다. 이봉창은 백범에게 자기 속내를 털어놓았습니다. 그는 인생의 목적이 쾌락이라면 지난 삼십일 년 동안 살면서 쾌락이란 것을 대강 맛보았으니 이제부터는 영원한 쾌락을 위해 독립 운동에 목숨을 바치고 싶다고 했습니다.

12월 중순 어느 날 백범은 비밀리에 이봉창과 여관에 함께 묵으면서 거사를 의논하고 자살에 실패할 경우 대답할 문구까지 일러주었습니다. 이튿날 천 원 가량을 주었습니다. 이봉창은 "제가 이 돈을 떼어 먹기로, 법조계 밖으로는 한 걸음도 못 나오시는 선생님이 저를 어찌하겠습니까. 저는 평생 이처럼 신임을 받아본 일이 없습니다"라고 말했습니다. 그길로 백범은 이봉창을 안중근의 동생 안공근의 집으로 데려가 선서식을 하고 기념

사진을 찍었습니다. 이봉창은 자신을 사지(死地)로 보내는 백범의 표정이 어두운 것을 보고는 "제가 영원한 쾌락을 얻으러 가는 길이니 기쁜 얼굴로 사진을 찍으시지요"라며 위로했습니다. 자동차에 올라앉은 이봉창은 허리를 깊이 숙이고 백범 곁을 떠났습니다.

1932년 1월 8일 중국 신문 호외에 한국인 이봉창이 일황을 저격했으나 명중하지 못했다는 기사가 실렸습니다. 백범은 자금이 넉넉지 않아 성능이 좋은 폭탄을 만들지 못해서 일왕을 죽이지 못하고 아까운 젊은이를 잃었다고 눈물 흘렸습니다.

그러던 중에 윤봉길(1908~1932)이 백범을 찾아 왔습니다. 그는 사육신 중 한 명인 매죽헌 성삼문을 흠모하여 매헌(梅軒)이라는 호를 지닌 젊은이였습니다. 윤봉길은 동경 의거를 주도한 백범에게 자신이 큰일을 하려고 상해에 왔음을 밝혔습니다. 백범은 이봉창 의사가 소지했던 것보다 성능을 크게 향상시킨 폭탄을 만들었습니다. 그동안 윤봉길은 홍커우공원 주변을 날마다 탐색하면서 거사를 준비했습니다. 마침내 윤봉길 의사가 홍커우공원으로 떠나는 아침이 되었습니다.

1932년 4월 26일 윤봉길은 「선서문」을 써서 백범에게 제출했습니다. 29일 아침 백범은 윤봉길과 마지막 아침 식사를 했습니다. 출근하는 사람처럼 평온한 윤봉길 모습에 백범은 크게 감탄

했습니다.

식사를 마치자 일곱 시쯤 되었습니다. 윤봉길이 주머니에서 회중시계를 꺼냈습니다.

"선서식 후에 선생님 말씀에 따라 육 원 주고 산 것입니다. 선생님의 시계는 이 원짜리니 제게 주십시오. 제 시계는 한 시간밖에 소용이 없습니다."

윤봉길이 먼저 자리에서 일어났습니다. 집 밖에서 택시를 타고 떠나려는 순간, 윤봉길은 가지고 있던 돈을 백범에게 건넸습니다.

"자동차 삯을 주고도 오륙 원은 남겠습니다."
"훗날 지하에서 만납시다."

윤봉길은 곧장 홍커우공원에 가서 도시락형 폭탄을 투척했습니다. 일본군 사령관 시라카와 요시노리, 일본인 거류민단장 가와바타 사다쓰구는 그 자리에서 사망했습니다. 일본군 해군 제3함대 사령관 노무라 기치사부로 중장은 오른쪽 눈을 잃었으며 육군 제9사단장 우에다 겐키치 중장은 왼발이 구두와 함께 날아가는 중상을 입었습니다. 주중공사 시게미쓰 마모루는 복부 이하에 서른 개의 파편이 박히고 오른쪽 어깨 골절에다 오른쪽 다리를 절단하는 중상을 입었습니다(훗날 그는 미국 전함 미주리호에서 절름발이 모습으로 맥아더에게 항복 문서를 바칩니다). 상해총영사 무라이 구라마쓰, 거류민단 도모노 모리 서기장도 중상을 입었습니다.

해방 후 귀국한 백범은 건국 준비로 분주한 나날을 보내면서도 이봉창 의사와 윤봉길 의사의 유해를 봉환하여 용산 효창공원에 안장했습니다. 나중에 자신도 그곳에 묻혔습니다.

"훗날 지하에서 만납시다."

백범은 이 약속을 지켰습니다.

여중생이 남긴 편지

4·19 혁명은 1960년에 학생들이 중심이 되어 일으킨 민주주의 혁명입니다. 3월 15일 실시된 선거가 부정으로 얼룩지자 더 이상 참을 수 없게 된 학생들이 나섰습니다. 고등학교 입학을 앞두고 시위에 나섰다가 희생된 김주열 군의 시신이 발견되었고 학생들의 분노가 극에 달했습니다. 그럼에도 이승만 정권은 불법선거와 비민주적인 국가 운영을 비판하는 학생들의 시위를 공산주의자들이 조종했다는 담화를 발표했습니다. 4월 18일에는 시위하던 고려대학교 학생들이 경찰의 비호를 받은 반공청년단에게 습격을 받았습니다. 수많은 학생들의 피흘림은 그때까지도 방관자적 태도를 보이던 사람들을 분노케 했습니다.

4월 19일 약 삼만 명의 대학생과 고등학생들이 거리로 쏟아져 나왔고 그중 수천 명이 경무대로 몰려갔습니다. 위기를 느낀

경찰이 시위대를 향해 총을 쏘자 학생들의 시위가 더욱 거세졌습니다. 부산·광주·인천·목포·청주 등과 같은 주요 도시에서 수천 명의 학생들이 가세했습니다. 이 과정에서 서울에서만도 자정까지 약 백삼십 명이 죽고 천 명이 넘는 부상자가 생겼습니다.

> 같은 무렵(밤 여덟 시경) 다른 기동 데모대는 돈암동과 미아리 일대를 누비다가 성북 경찰서 앞에서 경찰의 발포로 또 여섯 명이 희생되었다. 4월 혁명 희생자 가운데 유일하게 유서를 남긴 진영숙(14세, 한성여중 2년) 양은 데모 버스를 타고 차장 밖으로 머리를 내민 채 구호를 외치다가 경찰의 총격에 희생되었다.
> 진영숙 양은 이 날 오후 네 시 학교가 파하자 일단 집으로 돌아왔다. 데모에 나서기 전에 홀몸으로 자녀를 기르고 있는 어머니에게 인사를 드리기 위해서였다. 그러나 시장에 장사하러 간 어머니가 돌아오지 않자 진영숙 양은 더 이상 기다릴 수 없어 유서를 적어놓고 데모에 뛰어들었다가 희생되었다. 유서는 다음과 같다.
>
> "시간이 없는 관계로 어머님. 뵙지 못하고 떠납니다. 끝까지 부정 선거 데모로 싸우겠습니다. 지금 저의 모든 친구들 그리고 대한민국 모든 학생들은 우리나라 민주주의를 위하여 피를 흘

립니다.

어머니, 데모에 나간 저를 책하지 마시옵소서. 우리들이 아니면 누구가 데모를 하겠습니까. 저는 아직 철없는 줄 압니다. 그러나 국가와 민족을 위하는 길이 어떻다는 사실을 알고 있습니다. 저의 모든 학우들은 죽음을 각오하고 나선 것입니다. 저는 생명을 바쳐 싸우려고 합니다.

데모하다 죽어도 원이 없습니다. 어머님, 저를 사랑하시는 마음으로 무척 비통하게 생각하시겠지만, 온 겨레의 앞날과 민족의 해방을 위하여 기뻐해주세요. 이미 저의 마음은 거리로 나가 있습니다. 너무도 조급하여 손이 잘 놀려지지 않는군요.

부디 몸 건강히 계셔요.

거듭 말씀드리지만 저의 목숨은 이미 바치려고 결심하였습니다. 시간이 없는 관계상 이만 그치겠습니다."

동물의 가죽을 가리키는 글자로 가죽 피(皮)와 가죽 혁(革)이 있습니다. 피(皮)는 가죽의 원래 무늬와 털이 그대로 남아 있는 가죽입니다. 호랑이 가죽을 호피(虎皮)라고 합니다. 이에 비해 혁(革)은 가죽에 붙은 털을 모두 베껴낸 후 무늬가 지워질 만큼 손질한 것입니다. 허리에 매는 띠를 혁대(革帶)라고 합니다. 피(皮)를 혁(革)으로 바꾸려면 엄청나게 많은 노력과 시간이 필요합니다.

인간을 포함한 모든 것을 지배하는 초인간적인 힘, 또는 그것에 의하여 이미 정해져 있는 목숨이나 처지를 운명(運命)이라고 합니다. 이 중에 인간의 노력이나 의지에 따라 달라지는 것을 운(運)이라고 합니다. 반면에 인간의 노력이나 의지로도 바꿀 수 없는 것을 명(命)이라고 합니다.

혁명(革命)은 인간의 힘으로는 바꿀 수 없는 것[命]을 마치 피(皮)를 혁(革)으로 바꾸듯이 확 바꾸는 것입니다. 혁명은 저절로 이루어지지 않습니다. "민주주의라는 나무는 피를 먹고 자란다"라는 말처럼 혁명을 위해 수많은 생명이 피를 흘렸습니다. 그런 피 흘림 덕분에 우리 사회가 이만큼 발전했습니다. 우리가 진영숙 양의 편지를 기억해야 하는 이유입니다.

다시는 여기에 대하여 말하지 마라

"내가 나라에 두터운 은혜를 받았는데도 을미년 변란에 죽지 못하고, 다시 을사년 5조약 체결에도 죽지 못하고 산에 들어가 구차하게 연명한 것에는 그래도 이유가 있었다. 지금 이미 아무것도 기대할 만한 것이 없어졌는데 죽지 않고 무엇을 바라겠느냐? 변란이 있었다는 소식을 들은 지 며칠이 지났는데도 아직 지체하고 목숨을 이어가고 있는 것은 자진할 방도를 찾지 못한 때문이다. 지금 뜻이 정해졌으니 명동에 가서 생을 다할 참이다. 다시는 여기에 대하여 말하지 마라."

이만도(1842~1910)가 1910년 9월 17일 단식을 시작하면서 주변 사람들에게 한 말입니다. 이만도는 이황의 후손으로 병인양요가 일어나던 1866년 과거에 장원급제하여 관직을 시작했습니다. 그는 홍문관 부교리, 사간원 사간 등 학문이 깊고 심지가 굳은 사람에게 주어지는 관직을 두루 역임하다가 1882년 한미수호조약으로 나라가 혼란해지자 4월에 고향인 안동으로 돌아왔습니다. 그 후 두 번이나 동부승지에 임명되었으나 사양했고 1884년 갑신정변이 일어나자 그는 관직에 대한 뜻을 완전히 접었습니다.

1896년 이만도는 쉰넷의 나이로 의병을 일으켰지만 뜻을 펼치지는 못했습니다. 1905년 을사늑약이 체결되었습니다. 그는 다리에 종기가 생겨 움직이기 힘든 터라 아들 중업을 시켜 일제와 내통한 을사오적의 목을 베어야 한다는 상소문을 올렸습니다. 이후 산속으로 들어가 죄인을 자처하며 살았습니다.

이만도는 1910년 9월 4일에서야 국권을 빼앗겼다는 소식을 듣고 죽는 일 아니고는 다른 방법이 없다고 생각했습니다. 이만도는 부모님 산소에 올라가 열나흘 동안 통곡했습니다. 그 후 나라를 망하게 한 죄인이 어떻게 자기 집에서 편안히 죽어갈 수 있겠느냐는 생각에 재종손 이강흠의 집에서 음식을 끊은 채 죽음을 기다렸습니다. 당시 그는 예순아홉 노인이었습니다. 9월 27일 그는 자손들에게 자신이 죽은 뒤 '순국'이란 말을 쓰지 말기를 당부했습니다. 이틀 뒤에는 '선생'이란 말도 쓰지 말아달라면서 만약 제문에 그런 말이 들어 있으면 삭제하고 읽으라고 일렀습니다. 자신은 선생이 될 만한 삶을 살지 못했다는 자책감에서 당부한 말이었습니다. 단식 스물하루 날이 되던 10월 7일 총을 든 일본 경찰 십여 명이 단식을 중단하라고 위협하기 위해 들이닥쳤습니다. 그들은 강제로 음식물을 먹이려 했습니다. 이만도는 그들에게 온몸으로 저항했습니다. "내가 내 뜻을 행하는데 너희와 무슨 상관이 있느냐. 너희가 총포를 잘 쏜다 하니 나를 빨리 죽여라"라고 한 후에 가슴을 헤치고 주먹을 들어 문지방을 내리쳤습니다. 이십일 일이나 단식을 해서 그는 기운과 호흡이 미약하고 말이 입으로 나오지 않을 정도로 생명력이 고갈된 상태였습니다. 그런 사람이라고는 믿기지 않을 만큼 큰 소리로 "나는 당당한 조선의 정이품 관리다. 어떤 놈이 나를 설득한다는 것이고, 어떤 놈이 감히 나를 위협하는 것이냐. 너는 어떤 놈이냐. 너는 어떤 놈이냐?"라며 일본 경찰을 꾸짖었습니다. 일본 경찰은 놀라서 "상부에서 가보라고 시켜서 왔다"라는 궁색한 변명을 남기고 도망치듯 물러갔습니다. 사흘 뒤 이승을 떠났습니다. 그는 올바른 도리가 무너진 세상에서 이름 얻는 것은 부끄러운 짓이라고 배웠습니다. 일제가 지배하는 세상에서의 삶 자체가 그에게는 치욕이었던 것입니다.

이만도의 정신은 자손들에게 전해졌습니다. 동생 이만규(1845~1921)는 의병에 참가하고 파리장서에 서명했습니다. 아들

이중업(1863~1921)은 명성황후가 시해되자 분함을 견디지 못해 「당교격문」을 지어 여러 지방에 보냈습니다. 그리고 1919년 김창숙 등과 함께 파리강화회의에 제출할 장서 서명운동에 참여했습니다. 1921년에는 한국 유림대표로 손문에게 보내는 독립청원서 두 통과 중국 군벌 오패부에게 보내는 독립청원서 한 통을 갖고 출국하기로 계획했으나 출국 직전에 병이 나서 운명했습니다. 이중업의 아내인 김락(1863~1929)도 독립운동에 몸을 던졌습니다. 시아버지의 순국, 남편의 항일 투쟁, 두 아들과 두 사위의 독립운동, 친정 식구들의 만주 망명 항일 투쟁을 지켜본 그녀에게는 온몸으로 일제에 부딪치는 것 외에 다른 선택지가 없었습니다. 1919년 3·1 운동에 앞장섰던 그녀는 일본경찰에 고문을 당해서 시력을 잃었습니다. 김락의 두 아들인 이동흠(1881~1967)과 이종흠(1900~1976)은 제2차 유림단 의거에 참가했으며 독립 자금을 모으다 탄로나 1926년 모진 고문을 당했습니다. 이만도의 사위 유연린, 외손자 유수택도 군자금 모금에 가담해 일본 경찰의 고문을 받았습니다. 또한 그의 사후 안동지역에서 십여 명이 일제에 항거해 순국했는데 가까운 친척인 이동언, 을미년에 함께 의병을 일으켰던 제자 김도현(1852~1914)은 각각 단식과 투신으로 순국의 길을 택했습니다.

이만도가 단식으로 순국했던 마을에는 위당 정인보가 글을 짓고 백범 김구가 비문을 쓴 '청구유허비'가 세워져 있습니다. 호남의 의병장 기우만(1846~1916)은 이만도의 묘갈명에서 이렇게 고인의 숭고한 뜻을 기렸습니다.

> 훗날 죽어서 그 곁에 묻히고자
>
> 他日有死 願埋其側 (타일유사 원매기측)

누구나 다 이만도와 그 자손들처럼 살 수는 없습니다. 그렇게 살았던 사람은 극소수에 불과합니다. 아무런 보상도 바라지 않고 불의에 저항했던 분들을 기억하고 칭송하는 사회가 되어야 우리나라가 뒷걸음치지 않습니다. 이것은 일제에 빌붙어 부귀영화를 누렸던 사람들의 행적을 낱낱이 밝혀내는 일과 더불어 우리 사회가 꼭 기록하고 전해야 하는 가치입니다.

육아일기와 세숫비누

저는 1992년 처음 컴퓨터를 구입했습니다. 컴퓨터로 무엇을 할까 고민하다가 딸아이의 성장 과정을 기록하기로 했습니다. 1991년 태어난 큰딸이 일 년 동안 겪은 일을 기억에서 꺼내어 차곡차곡 기록했습니다. 그러고 나서는 딸아이가 성장하는 과정을 그때그때 기록했습니다.

『육아일기』는 말이 일기였지 며칠에 한 번 기록되는 일이 잦았고 그 간격도 일정하지 않았습니다. 게다가 딸이 잘 때 출근했다가 밤이 되어서야 귀가하는 날이 많아서 아내에게 들은 내용이 대부분이었습니다. 한 아이가 태어나 성장하는 동안 겪는 사소한 경험을 기록하는 건 그 자체로 큰 즐거움이었습니다. 옹알이와 배밀이를 하고 '아빠'라는 말을 익히고 보행기를 밀며 집안을 돌아다니고 감기로 고생하고 주관이 생기고 친구를 사귀고 나들이를 즐기고 글자와 숫자를 즐겁게 배우고 음정박자가 맞지 않는 노래를 신나게 부르고 할머니와의 통화를 좋아하는 앙증맞은 모습을 담았습니다. 그러는 동안 아이 주변에서 일어난 중요한 일도 함께 적었습니다. 딸이 세상을 살아가면서 꼭 지켰으면 싶은 말을 이따금 덧붙였습니다.

1993년 둘째 딸이 태어나면서 『육아일기』 분량이 두 배가 되었습니다. 첫째와 비슷하면서도 전혀 다른 둘째의 성장 과정을 기록하며 새로운 즐거움 속으로 빠져 들었습니다. 컴퓨터 성능이 향상되어 글에 사진을 넣는 기능이 생겼습니다. 훨씬 기록이 수월해졌습니다. 둘째의 『육아일기』는 1994년 5월 일동제약과 주부생활이 주최한 〈신세대 아빠 육아일기 현상 공모〉에서 금상을 수상했습니다. 심사를 맡으신 소설가 오정희 선생님께서 둘째의 『육아일기』가 자녀의 성장 과정에 대한 기록일 뿐만 아니라 아이를 둘러싼 가족의 이야기와 아빠의 내적 성찰의 기록이어서 호감이 갔다고 심사평을 해주셨습니다.

딸들은 『육아일기』를 무척 좋아했습니다. 단순한 흑백 출력물이지만 자기 이름이 자꾸 반복되고 사진까지 실려 있는 『육아일기』를 신기해하며 늘 곁에 두었습니다. 유치원에 다니던 때, 친구들이나 아줌마들에게 "내 책, 내 책" 하며 자랑했습니다. 그뿐만이 아닙니다. 가혹한 수험 생활을 견디는 위안으로 삼았습니다. 새벽에 일어나 방문을 열어보면, 밤늦도록 공부하다 지쳐 잠든 머리맡에 『육아일기』가 펼쳐져 있곤 했습니다. 딸들은 제가 만들어준 작은 선물을 아주 큰 선물로 받아주었습니다.

저는 직장이 먼 데다가 일찍 출근해야 해서 매일 다섯 시 반에 일어납니다. 어느 날 세수를 하려는데 비누가 보이지 않았습니다. 아내에게 물었더니 세탁실에서 비누를 가져다주었습니다. 아내의 말을 듣고 나서야 비누가 왜 세탁실에 가 있었는지 알게 되었습니다. 어젯밤 제가 잠든 다음 딸이 세탁실에 쪼그려 앉아 세수를 했기 때문이었습니다. 욕실과 안방이 붙어 있어 세면기를 사용하면 물 내려가는 소리가 들렸습니다. 그 소리에 혹시 잠귀가 몹시 예민한 아빠가 깰까 봐 배려해준 것이었습니다.

세월이 지나면 저는 저승으로 갈 테고 『육아일기』가 딸들 곁에 남아 있을 것입니다. 딸들이 아빠가 부려놓은 엉성한 언어들을 읽으면서 비록 아빠의 삶이 흠결투성이였지만 아빠 나름대로 최선을 다한 결과였다고 보듬어주기를 바랄 뿐입니다.

육아를 아내가 전담하던 시대는 지났습니다. 자식은 부부가 함께 낳아 기릅니다. 그런데도 엄마가 기록한 육아일기는 흔한 반면 아빠가 남겨준 것은 드문 듯합니다. 아빠가 육아일기를 쓰는 일이 많아지면 좋겠습니다. 아빠와 엄마의 애정이 합해질 때 아이들은 심신이 건강한 사람으로 자랄 테니까요.

쉬운 일과 어려운 일

세상에는 쉬운 일도 참 많고, 어려운 일도 참 많습니다. 가장 쉬운 일은 무엇일까요? 숨을 쉬거나 눈을 깜박이는 일은 우리가 의식하지 않아도 저절로 행해지는 일입니다. 본능에 따라 사는 생활도 쉽습니다. 배가 고프면 고픈 대로 잠이 오면 오는 대로 저절로 찾아오는 배고픔이나 졸음을 따르기란 참 쉽습니다. 그런데 이처럼 생명을 유지하기 위한 행동이나 생리적 욕구를 채우기 위한 행동 외에도 무척 하기 쉬운 일이 있습니다. 그중 하나는 바로 '부모를 잊고 지내는' 생활입니다. 아침 일곱 시쯤 집을 나서 밤이 되어서야 귀가하는 여러분들은 부모님과 함께 있지 않는 긴 시간 동안 몇 번이나 부모님을 생각하나요? 한 번도 부모님 생각을 하지 않고 지내는 날도 많을 겁니다. 한나절이 넘게 부모님을 잊고 지내도 신체나 정신에 아무런 고통이 생기지 않으니 부모님을 잊고 지내기란 참 쉬운 일입니다.

가장 어려운 일은 무엇일까요? 사람의 성별, 직업, 연령 등에 따라 각기 대답이 다를 겁니다. 어린아이는 가만히 앉아서 움직이지 못하는 걸 힘들어합니다. 여고생들에게는 친구랑 있으면서 대화하지 않는 게 힘든 일입니다. 남자 중학생들에게 점심시간에 공놀이를 금지하면 이는 형벌에 가까울 테지요.

그렇다면 부모님에게 가장 어려운 일은 무엇일까요? 부모님은 놀라운 능력을 가졌습니다. 우선 헌신적입니다. 당신들이 누리고 싶은 것을 양보하면서도 안타까워하지 않습니다. 자식을 위해 욕망을 포기하는 일쯤은 아무 것도 아닙니다. 부모님은 '자식을 잊고 생활하기'가 가장 힘듭니다. 여러분들이 부모님을 잊고 지내는 열두 시간 동안 부모님도 여러분 생각을 안 하실까요? 산더미 같은 업무로 쫓기듯 끼니를 채운다고 해서 부모님들이 자식을 잊고 하루를 지낼 수 있을까요? 하루는커녕 한 시간도 그러지 못하실 겁니다. 『장자』에 이런 명문이 전합니다.

> 어버이를 잊기는 쉬워도 어버이로 하여금 나를 잊게 하기란 어렵다.
>
> 忘親易 使親忘我難 (망친이 사친망아난)

어버이 친(親)은 나무[木] 위에 서서[立] 바라보는[見] 모습을 나타냈습니다. 자식이 귀가할 시간이 되면 조금이라도 빨리 보고 싶은 마음에 나무 위에라도 올라가지 않고는 못 견디는 부모님 마음을 표현한 글자입니다. 부모님들은 잠시라도 자식 생각을 하지 않고는 못 견딥니다. 여러분들이 휴대폰으로 십 분 후에 귀가한다고 알려 드렸다고 해도 그 마음이 사라지는 건 아닙니다. '부모를 잊고 지내기'는 무척 쉽고 '자식을 잊고 지내기'는 너무 어렵습니다.

엄마 어디 계세요?

"엄마 어디 계세요?"

수업 시간 중에 이 질문을 해보면 다양한 대답이 나옵니다. "집에 계세요", "마트에서 일하고 계세요", "직장에 계세요", "수영하고 계세요" 등등. 이 대답이 틀렸다고 볼 수는 없습니다. 별다른 일이 없다면 어머니들께서 지금 위와 같은 행동을 하고 계실 테니까요. 하지만 틀린 대답일 수도 있습니다. 일정이 달라질 수도 있고 건강이나 다른 문제로 인해 외출을 하셨거나 직장에서 조퇴하셨을 수도 있으니까요. 설령 어머님들께서 집이나 직장 혹은 수영장에 계신다고 해도 위의 질문에 언제까지나 이렇게 대답할 수는 없습니다. 인정하고 싶지 않지만, 부모님들께서 언젠가는 이승을 떠나가실 것이기 때문입니다.

그렇다면 위의 질문에 언제든지 자연스러운 대답은 무엇일까요? 누가 제게 이 질문을 한다면 저는 이렇게 대답하고 싶습니다.

"제 마음속에요."

이 대답은 언제나 타당한 답변일 수가 있겠지요. 이 세상 모든 부모님의 바람이 있다면, 당신들의 관(棺)이 닫힐 때, 오랜 세월 몸 붙이고 살았던 이승을 떠나는 바로 그 순간에, 자식들이 이렇게 울먹이는 게 아닐까요.

"엄마, 제 엄마가 되어주셔서 감사합니다. 다음 생애에도 제 엄마로 와주세요."

이렇게 울먹이는 자식이라면 부모님을 마음속에 모셔 둔 사람일 거예요. 그리고 비록 부모님과 육신으로는 영원히 이별하지만 마음으로는 언제나 부모님과 연결된 채 살아갈 겁니다.

엄마가 마음속에 계시면 좋은 일이 한두 가지가 아닙니다. 세상 사는 일이 힘겨워 견디기 어려울 때, 마음속에 계시는 부모님께서 위로를 건네실 거예요. 거짓 욕망이나 헛된 본능에 짓눌릴 때, 부모님을 생각하면 극복할 수 있을 겁니다.

어찌 생각해보면 인생을 잘 사는 일은 참 쉽습니다. 여러 가지 선택지 앞에서 고민할 때 '어떻게 해야 부모님께서 기뻐하실까'를 생각하면 됩니다. 물론 부모님께서 좋아하는 삶이 우리 목표일 수는 없습니다. 부모님께서 원하지 않는 방향으로 진로를 결정할 수도 있습니다. 다만 어떤 분야든 자신이 선택한 것이라면 거기에 책임을 지어야 하겠지요. 부모님께서 "얘가 내 자식이에요"라며 환하게 웃으실 수 있는 삶이 어떤 것일지 판단하는 건 참 쉬운 일 아니든가요.

"제 마음속에요."

이 대답은 어떤 사실의 진술이 아닙니다. 그보다는 오히려 마땅히 그러해야 한다는 당위성이 더 강합니다. 바로 그런 점에서 우리가 잊지 말아야 하는 사실이기도 합니다. 저는 여러분들이 마음속에 부모님을 모시고 있기를 간절히 바랍니다. 부모님을 마음속에 모시고 등교하면 좋겠습니다. 자기가 부모님과 동떨어져 있다고 여기는 학생과 부모님을 마음속에 모시고 있는 학생은 학교생활이 많이 다르겠지요.

다만 한 가지 마음에 걸리는 게 있습니다. 요즈음 붕괴된 가정이 점점 많아져서 걱정입니다. 엄마답지 못한 엄마, 아빠 역할을 내팽개친 아빠가 있는 듯합니다. 그러지 않기를 바라지만, 여러분 중에도 붕괴된 가정에서 성장하는 사람이 있겠지요. 그들로서는 부모님을 마음속에 모시는 게 불편한 일일 것입니다.

그런 사람일수록 자기 마음속에 모시고 지내야 할 분을 빨리, 그리고 꼭 찾아야 합니다. 그분이 선생님이어도 좋고, 목사님이어도 괜찮습니다. 내가 늘 흉내내며 살아가고 싶은 사람, 내 삶을 언제나 활짝 열어 보일 수 있는 분을 만나야 합니다.

여러분들에게 또 한 번 묻습니다.

"엄마 어디 계세요?"

유대인들에게는 '신(神)은 모든 곳에 다 있을 수 없으므로, 어머니를 만들었다'라는 속담이 있습니다. 어머니를 마음속에 모시고 생활하면 여러분들 내면에 신을 영접하는 셈입니다. 저는 여러분이 마음속에 어머니를 모시고 살기를 바랍니다. 그리고 훗날 여러분의 자녀들 마음속에 신(神)으로 남기를 기원합니다.

지금까지 사람과 자연을 귀하게 여기고 시간을 아끼며 능력을 가치 있는 일에 쓰자고 했습니다. 이제는 마무리해야겠습니다.

시작된 것은 끝나기 마련입니다. 제가 '시작한'이라고 하지 않고 '시작된'이라고 한 것은 우리 삶이 그러하기 때문입니다. 우리 삶은 우리 의지대로 시작한 게 아닙니다. 우리는 어쩌다 보니 태어나 있었습니다. 그렇게 삶을 시작한 우리들은 몇몇 특별한 사람을 제외하면 자기 의지와 관계없이 삶을 끝내게 됩니다.

앞에서 말했듯 저는 죽어가는 존재입니다. 지금도 죽어가는 중입니다. 저는 제 삶이 언젠간 끝날 것을 압니다. 이런 생각이 들 때마다 인상적인 모습으로 죽음을 맞이한 분들을 떠올립니다. 미화된 부분도 있겠지만 그들처럼 이승을 하직하고 싶습니다. 그러려면 남은 날 동안 경건하고 겸손하게 살아야겠지요. 길고 지루한 종례를 끝내며 몇 개의 마지막 모습을 들려주려고 합니다.

퇴계 이황은 매화 화분에 물을 줄 것을 당부했습니다. 제자들에게 빌려온 책을 되돌려줄 것과 빌려준 책을 찾아올 것을 말씀하셨습니다. 율곡은 병색이 몹시 짙었는데도 벽에 기대앉은 채로 여러 시간 동안 나라를 발전시킬 방책을 일러준 후 사흘 만에 운명하셨습니다. 송강 정철은 유배지에서 "네가 부질없는 짓을 하는구나"라며 아버지를 살리기 위해 손가락으로 피를 내어 바치는 아들의 손을 만류한 후 저승으로 떠났습니다. 교산 허균은 역모 혐의를 뒤집어 쓴 채 형장에서 처형당했습니다. 형장으로 끌려가면서 "할 말이 있다"라고 소리쳐보았지만 소용이 없었습니다. 다산 정약용은 결혼 육십 주년이 되는 날 집에서 운명했습니다. 이런 분들의 마지막 모습은 널리 알려져 있습니다.

홍로(1366~1392)는 "내가 꿈속에서 태조 왕건을 뵈었소. 오늘이 돌아갈 날이오"라고 한 뒤 관복을 갖추어 입고 사당에 인사를 올린 뒤 부친의 침소에 들어가 절을 하고 가르침을 받았습니다. 그 후 뜨락에 자리를 펴고 북쪽을 향해 네 번 절하고는 "신은 나라와 함께 망하겠나이다. 죽는 자가 무슨 말을 하겠나이까"라는 말만 남기고 자신의 침소에 들어가 조용히 운명했습니다. 그의 나이 스물일곱 살 때 일입니다. 이언적(1491~1553)은 「진수팔규」를 완성해 아들에게 임금께 바치라고 당부하면서 "이것이 곧 나의 뜻이다"라는 말을 끝내자마자 운명했습니다.

황현(1855~1910) 선생은 우리나라가 1910년 8월 29일 일제에 주권을 빼앗기자 9월 8일 「절명시」와 유서를 썼습니다. 절명시는 모두 네 수인데 그중 세 번째 수가 가장 널리 읽혔습니다.

금수도 슬피 울고 산하도 찡그리니
무궁화 세상은 이미 망해 버렸다네
가을 등불 아래 책 덮고 돌이켜보니
인간 세상 지식인 노릇 참으로 어렵구나

鳥獸哀鳴海岳嚬 (조수애명해악빈)
槿花世界已沉淪 (근화세계이침륜)
秋燈掩卷懷千古 (추등엄권회천고)
難作人間識字人 (난작인간식자인)

자식들에게 남긴 유서에서 그는 "나는 (관직에 나아간 적이 없으므로) 죽어야 할 의리는 없다. 다만 국가에서 선비를 길러온 지 오백 년이 되었는데 나라가 망한 날을 당해 한 사람도 국난(國難)에 죽는 자가 없다면 어찌 통탄스러운 일이 아니겠느냐. 내가 위로는 하늘로부터 타고난 양심을 저버리지 않고 아래로는 평소에 읽은 글을 저버리지 않고 영원히 잠들어버린다면 참으로 통쾌함을 깨달을 것이니 너희들은 너무 슬퍼하지 말거라" 했습니다.

유서를 쓰고 난 후 황현 선생은 바로 독약을 마셨습니다. 다음 날에야 가족들이 비로소 그 사실을 알게 되었습니다. 아우 황원이 급히 달려가 울면서 "하실 말씀을 해주시기 바랍니다"라고 했습니다. 선생은 "네 나이도 사십을 넘어서 조금은 깨달아 아는 것이 있을 터인데 어찌하여 이토록 나를 가엾게 여기느냐. 세상일이 이렇게 되면 선비는 의당 죽어야 하는 것이다. 만일 오늘 죽지 않으면 앞으로 날마다 듣고 보는 것들이 반드시 모두 마음에 거슬림을 견디지 못해 바싹 말라서 극도로 쇠약해질 것이니 그렇게 말라 쇠약해져서 죽는 것이 어찌 빨리 죽어 편안함만 하겠느냐"라고 말했습니다. 그는 "내가 무슨 말을 하겠느냐. 다만 내가 써놓은 글을 보면 알 것이다"라고 말하고 웃으면서 "죽는 일이란 쉽지 않은가보다. 독약을 마실 때에 세 번이나 입을 대었다 떼었다 하였으니 내가 이와 같이 어리석었단 말이냐" 했습니다. 이윽고 운명하니 향년 쉰여섯이었습니다.

고등학교를 졸업하는 날 어떤 후회가 여러분 어깨에 내려앉을까요? 나아가 여러분 인생의 마지막은 어떤 장면일까요? 우리가 이승을 떠난 뒤에 어떤 말들이 남을까요? 이런 생각을 아직 해보지 않았다면 한 번쯤 상상해보길 권합니다. 아직 십대인 여러분들에게 이런 우울한 당부를 해서 정말로 미안합니다. 종례를 마치겠습니다.

금장태, 『우리말 사서』, 지식과교양, 2013
김권섭, 『선비의 탄생』, 다산초당, 2008
김도련, 『주주금석논어』, 웅진지식하우스, 2015
김용옥, 『논어한글역주』, 통나무, 2009
김태완, 『우화로 떠나는 고전산책』, 현자의마을, 2014
김택근, 『성철 평전』, 모과나무, 2017
로제 마르탱 뒤 가르, 정지영 역, 『티보가의 사람들』, 민음사, 2001
마티외 르카르, 이용철 역, 『승려와 철학자』, 이끌리오, 2004
박성호, 『지식인』, 글항아리, 2014
사마천, 김원중 역, 『사기 열전』, 민음사, 2015
송우혜, 『윤동주 평전』, 서정시학, 2014
순자, 김학주 역, 『순자』, 을유문화사, 2008
신영복, 『담론』, 돌베개, 2015
우석영, 『낱말의 우주』, 궁리, 2011
이기동, 『사서 강설 세트』, 성균관대학교출판부, 2007
이솝, 천병희 역, 『이솝 우화』, 숲, 2013
이순신, 노승석 역, 『난중일기』, 민음사, 2010
이을호, 『한글 논어』, 올재, 2012
이희영, 『솔로몬 탈무드』, 동서문화사, 2004

임동석, 『사서집주언해』, 학고방, 2004
임수무 외, 『공부론,』 예문서원, 2007
장자, 안동림 역, 『장자』, 현암사, 2010
정민, 『미쳐야 미친다』, 푸른역사, 2004
정수복, 『책에 대해 던지는 7가지 질문』, 로도스, 2013
최열, 『이중섭 평전』, 돌베개, 2014
하영삼, 『한자 어원 사전』, 삼, 2015
한완상 외, 『4월 혁명의 전개 과정』, 일월서각, 1983
홍자성, 신동준 역, 『채근담』, 인간사랑, 2013

수업이 모두 끝난 오후, 삶을 위한 진짜 수업
종례 시간

초판 1쇄 발행 2018년 2월 26일
초판 2쇄 발행 2018년 3월 23일

지은이 김권섭
펴낸이 김선식

경영총괄 김은영
책임편집 박보미 **디자인** 유미란 **책임마케터** 이고은, 기명리
콘텐츠개발2팀장 김현정 **콘텐츠개발2팀** 김정현, 유미란, 박보미
마케팅본부 이주화, 정명찬, 이고은, 최혜령, 김선욱, 이승민, 이수인, 김은지, 배시영, 유미정, 기명리
전략기획팀 김상윤
저작권팀 최하나
경영관리팀 허대우, 권송이, 윤이경, 임해랑, 김재경, 한유현
외부스태프 **교정교열** 황원권

펴낸곳 다산북스 **출판등록** 2005년 12월 23일 제313-2005-00277호
주소 경기도 파주시 회동길 357 2, 3층
대표전화 02-702-1724 **팩스** 02-703-2219 **이메일** dasanbooks@dasanbooks.com
홈페이지 www.dasanbooks.com **블로그** blog.naver.com/dasan_books
종이 한솔피앤에스 **인쇄** 민언프린텍 **제본** 정문바인텍 **후가공** 평창P&G

ISBN 979-11-306-1610-0 (03810)

- 책값은 뒤표지에 있습니다.
- 파본은 구입하신 서점에서 교환해드립니다.

- 이 도서의 국립중앙도서관 출판시도서목록(CIP)은 서지정보유통지원시스템 홈페이지(http://seoji.nl.go.kr)와 국가자료공동목록시스템(http://www.nl.go.kr/kolisnet)에서 이용하실 수 있습니다.
(CIP제어번호 : CIP2018005339)